U0585757

原谅我
有点笨拙的
少女心

Li
Fan 黎饭饭
fan 著

SPM
南方出版传媒
广东人民出版社
· 广州 ·

图书在版编目（CIP）数据

原谅我有点笨拙的少女心 / 黎饭饭著 . — 广州：广东人民出版社，
2019.4（2019.10 重印）
ISBN 978-7-218-13373-7

Ⅰ.①原… Ⅱ.①黎… Ⅲ.①故事－作品集－中国－当代 Ⅳ.
①I247.81

中国版本图书馆 CIP 数据核字 (2019) 第 023862 号

YUANLIANGWO YOUDIAN BENZHUO DE SHAONVXIN
原谅我有点笨拙的少女心

黎饭饭 著

出 版 人：肖风华
策 划 方：时光机图书工作室
责任编辑：钱飞遥　刘颖
责任技编：周杰　吴彦斌
出版发行：广东人民出版社
地　　址：广州市新港西路 204 号 2 号楼（邮政编码：510300）
电　　话：（020）85716809（总编室）
传　　真：（020）85716872
网　　址：http://www.gdpph.com
印　　刷：广东鹏腾宇文化创新有限公司
开　　本：890 毫米 × 1240 毫米　1/32
印　　张：9　字　数：190 千
版　　次：2019 年 4 月第 1 版　2019 年 10 月第 2 次印刷
定　　价：39.80 元

如发现印装质量问题，影响阅读，请与出版社（020-85716849）联系调换。
售书热线：（020）85716826

FORGIVE ME

目 录

CONTENTS

序

///////////

　　我总能想起初中的某个午休时间，第一次看完一本小言时被感动得泪流满面的傻样，不得不说，那些现在看起来可能有些非主流的小说是我最真实的青春记忆。

　　我刚上初中的时候，看各种言情小说几乎是我在学校唯一的娱乐活动，风花雪月的爱情离现实的我太遥远，只能从书里窥见的那一点粉红色冒着泡泡的幻境，幻想着我的初恋会是什么模样。

　　后来，我遇见了很多很好很好的男孩子，也谈过让自己难过得不行的恋爱，终于明白之前小说里写的那些"心口一痛""眼前一黑"原来并不是在夸张。

　　一转眼这么多年过去，自己在变，喜欢的人标准在变，对爱情的看法在变，唯一不变的，可能只有一颗对一切美好都心怀期待心怀敬畏的少女心。

　　这些年少时期读过的小说其实一点也不"非"，它们只是提取了爱情最热烈最透明的结晶然后千百倍地压缩在一起，我们的日子太平淡了，所以对比之下承受不来。

我到现在还热爱看各种各样的言情小说、青春故事，因为它们让我看到了人生太多不一样的可能性，让我看到了这世界最纯粹的感情，让我可以一直拥有那颗珍贵的少女心。

饭饭的这本书，我尤其喜欢。

深夜一个人睡不着的时候，我会点一盏小灯，慢慢翻看里面的故事。每次读完，不管故事的结局是开心还是感伤，我都会有种被治愈的感觉，它太青春了，太真实了，太可爱了。我相信不管你是什么样的人，读完这本书，肯定至少会有一个故事能戳中你，让你能找到自己年少的影子。

饭饭这个人我也很喜欢，干脆直爽不做作的女孩子，我一直以为她会是很酷，很高冷不易接近的类型，直到某天我在她朋友圈看到了她穿 JK 制服的照片，是个很好看，笑起来甜甜的女孩子。

这种反差萌让我从此多注意她，后来才发现，她的内心深处其实也住了个小公主。想想也是，不然肯定写不出这么开朗灵动的文字。

总之，这是一本你会愿意随身携带读上很多遍的书，它有一种真诚的稚气，带着点羞涩的笨拙，每个故事都让人感叹：青春真好啊！

我们每个人都曾有颗有点笨拙的少女心，希望我们都可以重新把它拾起。

木　汁

暗 潮

UNDERCURRENTS

暗恋那五年

当你喜欢上一个人的时候，千万盏灯都为你点亮。

千万棵植物在一夜间开花，千万滴水汇聚成江河。

可这样的声势浩大，最终也只是一个人的风景。

我是巧夺天工精心布置的客栈，

而你是行色匆匆不作停留的赶路人。

- Ⅱ -

书中说，当你看到一片美景，第一个想要分享给的人，就
是你最喜欢的那个。

喜欢他的第一年。

高一入学时大扫除，矮个子的我被分配擦班级后门。

后门上方的玻璃窗很高，我搬了一个桌子加一个凳子，小心翼翼
地踩在上面才够得到，一面擦，一面脑补着自己失足摔下去的惨烈画
面。

这时一个拿着墩布的男生正好路过后门，见到吃力地举着抹布的
我，说，"我帮你擦吧。"

他拿过抹布，迈上桌子，开始帮我擦拭那块玻璃窗。我站在下面，
看着玻璃上映着的他的脸庞，瘦瘦的，皮肤有点黑，眉眼间显露出认
真的神情。

他下来后，我小声说了一句"谢谢"，连他的名字都没有问，就
匆匆跑去洗抹布。

回到教室时又正巧与他四目相撞，我尴尬得有点不知所措，他也
愣了一下，然后笑得露出了小虎牙。

坐到座位没多久，我就收到来自班级群成员的QQ好友申请，备
注是陈树。通过后没一会，就收到一条消息，"你是黎凡吧，我帮你
跟劳动委员说一声，下次给你换个扫地之类的活啊。"语气熟稔，仿
佛认识多年的好朋友。

原来他叫陈树。我回复道"好"，想了想，又加了一句"谢谢"。我不知道后面的男生现在是不是在看我，就算是，我也不敢回头。因为我能感受到自己的脸以肉眼可见的速度，红了。

陈树在班里不算很中心的人物，但因为自来熟的性格很快就跟大家打成一片。他数学成绩很好，经常有同学在下课的时候跑去他的座位问不懂的数学题，他也不会觉得不耐烦，每次都认认真真地给人讲题。不过与认真的样子相比，他大多时候都是笑嘻嘻的，给同桌的脸上贴纸条，给同学们取外号这种事家常便饭，不正经的样子，一点都不像个好学生。

我承认陈树比我高得不是一点半点，180cm 的他在高一这群还没怎么发育的男孩子中间显得鹤立鸡群。因为身高的缘故，无论座位怎么换，他永远在最后两排轮换。桌子下面常年放着一个篮球，和第一排的我仿佛隔着一整个篮球场的距离。

于是我每次都要从后门进出，明明前门离得更近一些，但为了能多看他两眼，宁愿绕远去探寻他的身影。

有时候他看到我了，就会开玩笑地跟我说一句"小矮凡你又去上厕所呀"。

"小矮凡"是他给我取的外号，虽然我不怎么喜欢这种暴露我缺点的外号，但他是特例。

谁让我那么喜欢看他呢？

上课时趁着他回答问题偷偷看他，课间时趁着人群喧闹偷偷看他，做广播体操的体转运动时，总能将目光准确地停在他的身上。我甚至想，如果他前面的男生都不来做操就好了，这样他就可以和我并排站在一起。

　　不过这个小心思终究没能实现，我和陈树的聊天记录一直停留在大扫除那天。在班里碰面时也只是简单地打个招呼，还总被我目光闪烁地避之不及。

　　有一次傍晚时分，天空被落日映照成了粉色，学校的走廊边有好几个女生在那里看这场不同寻常的晚霞，我也停住了脚步，在栏杆前驻足良久。回头时正好看到陈树也趴在座位上往窗外看，我突然就好想跑进教室对陈树说"我们一起去操场看吧"，却没有那个勇气，只好一个人站在那里看着天色渐渐黯淡下去。等粉色变成紫色再变成漆黑一片后，怅然若失地回到教室。

　　我想我喜欢上陈树了。

　　书中说，当你看到一片美景，第一个想要分享给的人，就是你最喜欢的那个。

　　发现喜欢上陈树之后我看了很多书，渴望从字里行间中寻找爱情的真谛，很多以前不懂的句子现在都变得豁然开朗。每次看见小说里暗恋男主的女主最终成功时，我都会异常地开心，仿佛看见自己和陈树在一起了一样。

　　有一次我发现陈树的桌上摆着一本书，默默记住了书名，跑到图书馆去借了一本一样的，在自习课时拿出来看。想着陈树和我看过一样的故事，读过一样的句子，心里就像刚打开盖的汽水一样忍不住地滋滋冒泡。

　　课间陈树路过我座位时，看到我露出来的封面，惊喜地说："小矮凡你也喜欢这本书吗！"

　　我本来想和他畅聊书中情节，讨论人生哲理，从此和他的关系迈进一大步，但那些想好的话竟堵在嘴边说不出口，最后只是脸红着回复了一句，"嗯，是啊……"

在喜欢陈树这件事上，我一直是个躲躲闪闪的胆小鬼。

听说陈树每周二和周四下午在篮球场打篮球，而我又不敢光明正大去看，便拉上一个好友，说，"听说隔壁班那个校草打篮球超帅，我们一起去看好不好？"

好友嘿嘿笑道，"哟，你是不是对人家有意思啦？"

我说，"我还没看见怎么知道，都说他是校草，难道你不想看看吗？"

于是好友同意了我的请求，拉着我的手去篮球场旁边看球。

其实我不想看篮球也不想看校草，我想看的是阳光下奔跑跳跃着的陈树，如果他能在转身投篮时恰好看见了我，我想我也可以光明正大地以路过同学的身份给他加油一次。

= 2 =

十年之后，我们会是什么模样？是彼此熟络亲密无间，还是短暂交汇各安天命？我不敢想。我只知道我今天喜欢他，明天也会喜欢他。

喜欢他的第二年。

放寒假后，体育委员在班群里问有没有人出来聚会，我一向不参与这些，装作没看到，继续玩手机。

可过了一会，我看见陈树在群里说他想去。

我连忙发了一条"加我一个"。

聚会当天是正月初四，城里下了一场小雪，路面上薄薄地覆上一层白色砂糖。

那天来了七八个人，结伴而行时男生在前女生在后，我一路挽着朋友的手，和她们闲聊寒假琐事，目光却一直在前面的陈树身上。

他穿了一件我从未见过的灰色大衣，领口竖起，面部轮廓显得格外挺拔。我呆呆地想着，如果能单独和陈树出来玩就好了。他看上去比平日在学校里更好看些，话也更多。我听见他抱怨过年要串好多门又没压岁钱，忍不住想笑他孩子气。可想到自己连几句正经话都没跟他说过，这样贸然开口，旁边同学肯定会很奇怪。于是我只好抿抿嘴，将话咽了回去。

吃过饭后大家一起去 KTV 唱歌，我全程坐在沙发上没有动，因为我想在陈树唱歌的时候偷偷给他录音。

一共两个麦克风，陈树和另一个女生在唱《十年》。

那个女生唱完一段之后，将话筒直接塞进了我的手里，说，"小凡还没唱过吧，你唱下半段好了。"

我看了一眼陈树，他正专注地盯着屏幕仿佛没有看到这边的小插曲。于是我接过了麦克风，在舒缓的间奏里，心扑通扑通直跳。

我唱的第一句就颤了一下，吓得我赶紧降低了声音，陈树终于注意到了我的加入，稍微把声音抬高了点，迎合我的声线。

我握紧了麦克风，跟着陈树的声音，一字一句地，慢慢放松，努力唱好每一个音符。

"十年之前，我不认识你，你不属于我，我们还是一样，陪在一个陌生人左右，走过渐渐熟悉的街头……"

一首歌唱完，大家起哄着鼓掌，陈树转过身来看着我，黑暗里他的眼睛特别明亮，KTV 里的喧闹仿佛都离我远去。我看到他又笑了，露出旁边的小虎牙，嘴巴一张一合地说，"小矮凡，你唱得挺好的。"

我想，我的脸应该又红了，幸好 KTV 里光线昏暗，没有人注意到我的变化。

后来这首被我用手机偷偷录下来的合唱，在那个冬天被我反反复复地播放。

十年之后，我和陈树会是什么模样？是彼此熟络亲密无间，还是短暂交汇各安天命？我不敢想。我只知道我今天喜欢他，明天也会喜欢他。而他，也许也有那么一点喜欢我吧？

我开始写日记，记录下喜欢陈树的点滴心情。

他穿了一件好看的衬衫，他又打赢了一场球赛，他和某个女生课间说了好久的话，总之他的一举一动都牵动着我的神经。

我时常猜测着他的心意，将一些蛛丝马迹记在本子上当做他也喜欢我的"证据"。比如他借我的镜子，他打篮球时将衣服扔给了我，他给我分了一块巧克力。比如大家都叫我小凡，只有他叫我小矮凡。

他一定是喜欢我的，我暗自想，否则为什么那么多人不选，偏偏是我呢？

后来我才知道很多事情是我自作多情：他借我的镜子是因为他的同桌不给；他扔给我衣服是因为只有我空着两只手；他分我巧克力只是因为我恰巧路过；他叫我小矮凡可能只是单纯的因为，我矮。

喜欢陈树的时候，我是看到什么都能联想到他的想象力大师，是内心小剧场资深老戏骨，是国家一级退堂鼓表演艺术家。

每次碰到能接近他的机会，我都会因为害怕而默默后退，等到机会消失后再暗自后悔。只好在日记里想象如何对他表白，或者他如何对我表白，继而勾画我们在一起后的场景，甚至想好了以后给孩子取什么名字。

十六岁生日，吹灭蜡烛时，我虔诚地许愿：请让陈树喜欢我，一点点就可以。

- 3 -

怎样都好，只要有一个结局，总好过这无疾而终的烂尾剧。

喜欢他的第三年。

黑板的右上角写上了高考倒计时，陈树也不再去打篮球，在座位上一页又一页地刷题。

此时我的数学已经跌倒了谷底，总想着"算了放弃吧反正就一百五十分"，可每次看到陈树上台去做演算，看他行云流水般地写下一串数字，便又重新拾起课本开始啃。

有一天，陈树路过我座位的时候，我正在跟月考试卷上的解析几何题大眼瞪小眼。可能是我唉声叹气的样子让他觉得有必要出于人道主义地帮帮我，于是他那骨节分明的手指一把抽过我手中的笔，又把同桌的凳子拉了过来，开始坐在我旁边给我讲题。

这个角度看过去，陈树侧脸的轮廓线条格外好看，鼻子很挺，眼睫毛也很长。耳边是他的声音，鼻尖传来他特有的干净味道。我听到自己的心跳越来越快越来越快，整个人都僵住了，完全没办法认真听他讲题。

陈树讲完抬头，看到我呆呆的样子有点恨铁不成钢地拿笔戳了戳我额头，"小矮凡，你到底有没有在听！"

我捂住额头，有点不好意思，偷偷地瞄了他一眼，然后小声地说，"要不，你再讲一遍？"

陈树叹了口气，看着我的样子有点无可奈何，"这一遍仔细听哦。"说完又低下头给我从头开始演算。在我眼里难到一整节课都毫无思路的题，却在他笔下迎刃而解。他怎么就这么聪明呢？我在心里默默地叹气。

高三下学期开学不久，我买了一本同学录，为了让陈树填，给全班同学一人发了一页。

陈树拿过自己的那页纸时，顺口说了一句："没想到这么快就到了要写同学录的时候。"

"啊……是啊。"我说，"时间过得真快。"

陈树晃了晃手中的同学录，眼睛笑得弯弯的，"放心，我一定会认真填的。"

收齐了所有填好的同学录之后，我将陈树的那页单独抽出来，没事的时候就看一遍，那里写着他的所有喜好、联系方式和梦想。我将陈树想要去的大学郑重地写下来，贴到自己的书桌前。

从此最难熬的二百多天有了目标，那就是和陈树上一个学校。

每次在深夜里和一堆数字作战写得头晕眼花时，我总会想起陈树的模样。我在日记里记录下陈树每次的成绩，旁边写自己的，以此来激励自己"考不到这么高的话，就不能和陈树在一起了"。

偶尔我也会因为考了高分而沾沾自喜，恨不得陈树马上看到我的成绩。

我发现，喜欢陈树这件事渐渐变成了一种信仰，已经没有最初时那么迫不及待地想要回报，只要每天能看到他就好。

课间时陈树会到走廊里靠着栏杆晒太阳。

我就将头枕在胳膊上，假装睡觉，实际是在看门外的陈树。

他的眼睛像是小时候玩的玻璃球，晶莹透明，中间夹着一只温顺的小动物，在太阳下闪闪发光。

后来我见过很多英俊的脸庞，却从未遇到过和他一样亮亮的眼睛。

在临时抱了一年的数学佛脚之后，我走进了高考的考场，窗外淅淅沥沥下着小雨，我也几乎是胸有成竹地写完了试卷，除了最后一道大题还是不会。

高考结束后大家开始扔书，我趁陈树不注意，偷偷拿了一个他的笔记本装进自己书包里。

他没有发觉，将剩下的书一并扔进麻袋。

教室很快就被搬空，同学们一个个走出教室时，我才发现，我们的高中就这样匆忙地结束了。

本以为会有一场盛大隆重的告别，大家一起去某个地方喝酒喝到昏天黑地，然后相互吐露衷肠。也许我会有机会和陈树坐在一起，对他说"我喜欢你"，然后他同样兴奋地说"小矮凡，我也喜欢你"，或者义正辞严地拒绝，不给我留一点余地。怎样都好，只要有一个结局，总好过这无疾而终的烂尾剧。

忽然很庆幸我早早就让陈树填了同学录，还有和他联系的机会，我们的故事应该也不会就此结束。

在那个失去高考的无所事事的暑假里，我好想向陈树表白，每一天都想。我常常骑着车，"无意间"经过陈树家附近，期盼着能够遇到他，可惜从未如愿。

我在日记本里计划了好多种告白方式：

——到他家楼下大声喊"我喜欢你"。

不行，太鲁莽了。

——给他叠一瓶纸星星，每一颗上写一句表白的话。

好是好，但太含蓄，万一他发现不了怎么办。

——约他出来，直接递给他一封情书。

但他不应约岂不很尴尬啊。

——用 QQ 悄悄话。

太草率了吧，要是我就会觉得是恶作剧。

……

我一一写下的方案，在思考后又一一被排除，日记本的这两页格外凌乱，我看不下去，索性撕掉，扔到了纸篓里。

最后当然哪种告白方案都没实施，在我犹豫不决的日子里，一个暑假悄然而逝。

- 4 -

我以前以为自己是灰姑娘，穿上了水晶鞋就可以去见他。
可现在，王子要去找真正的公主了，我没有水晶鞋，我只
是一棵南瓜。

喜欢他的第四年。

阴差阳错地，我考上了陈树本来想去的大学，而他报了同一座城

市的另一所学校。本以为同在一个城市可以常常见面，没想到开学两个月了，我一次也没见过陈树。

我每天翻看他们学校的表白墙，看到没有他的名字便松一口气。

我还会时不时地看一下陈树大学的校园新闻，希望能在里面找到一两张他的照片。

我开了 QQ 黄钻，每天隐身去他的空间，知道他换了新发型，知道他们学校里有一只异瞳灰猫，知道了他们的校园网也会在选课时崩溃。

晚上，大学新舍友夜谈，聊起恋爱的事情来。

她们问我有没有喜欢的人，我撒谎了，我说没有。

因为我觉得喜欢陈树这件事，一直都是希望渺茫，所以也不想和他人分享。

周末，我坐了两个多小时的公交车到陈树的学校。

想了想，点开他的聊天框，开始编辑微信，"路过你们学校，进来逛了逛，你们的学生宿舍居然有空调，嫉妒！"

来来回回看了好几遍，终于咬了咬牙，点了发送键。

一分钟，两分钟，十分钟……

没有回复。

我自嘲地笑了笑：我在期待些什么？大家在大学都有新生活新朋友了，我一个高中都没说过几句话的普通同学又算什么呢？

往回走的时候路过篮球场，习惯性地寻找了一遍他的身影，没想到真的看到了他，穿着橙色球衣，头发应该刚刚剪过，短短地立着，如同一只苗壮的小兽，在球场上飞跃穿梭。

我有点释然，原来他不是故意不回我微信，只是因为打篮球没看手机。

但我也因为那条微信，彻底失去了向前打招呼的勇气，在篮球场看了一会儿后便继续往前走。

我走过教学楼、食堂、水房、图书馆……最后在宿舍楼前看到了陈树常说的那只灰猫。我摸了摸它的毛，一想到陈树也和我走过一样的路，摸过同一只猫，心里就十分开心，好像依然和他在同一所学校一样。

我拍了张小猫的照片，发了一条朋友圈，"小猫，我捡你回家好不好？"仅对陈树可见。

陈树学校的奶茶店里有一面便利贴墙，从桌面到房顶，贴着各式各样的留言。在点了一杯香芋奶茶后，老板娘给了我一张便利贴。

我想了想，在上面写下"陈树我喜欢你"，然后小心翼翼地将它贴到墙上。

在回学校的公交车上，我收到陈树的回复："不好意思，刚刚在打篮球，小凡你现在还在吗？"

"早就不在啦，下次有机会再约吧！"我故作轻松的回复，然后赶紧低下头，掩盖自己夺眶而出的眼泪，一滴两滴，打在蓝色的裙子上，像大海里深深浅浅的水纹。

我不敢轻易闯进他的世界，怕他不喜欢，怕他拒绝，所以我只能在他的世界边缘徘徊，等到有了足够的勇气，才能站到他面前。

可是，再也没机会了。就像那天他叫我"小凡"而不是"小矮凡"一样，我们的关系早就越来越远。

大一第一学期还没结束，他就在空间里发了自己和一个女孩的合照，那个女孩长发披肩，手拿一串糖葫芦，笑得那样好看。

在食堂里拿着手机翻空间的我看到这张照片，脑子里空了一分钟，然后打算给他评论一句"你女朋友挺好看啊""祝 99"之类的话，可最后还是什么都没发，只是轻轻地在照片下面点了一个赞。

那天晚上我蒙着被子哭了好久，想到我喜欢了三年多的人，就这样成为了别人的男朋友，而我的故事，还没有开口，就已经结束了。

我想到为他去看的篮球，为他听了无数遍的《十年》，为他刷的数学题，想到曾经那个因为他的一句"小矮凡"就心跳加速的自己。

我还想到高中的第一次大扫除，如果当初没有擦那扇倒霉的后门就好了，这样我就不会认识陈树，不会喜欢上他，也不会在这个四下无人的夜晚，因为他发的一张照片而哭得稀里哗啦。

我以前以为自己是灰姑娘，穿上了水晶鞋就可以去见他。可现在，王子要去找真正的公主了，我没有水晶鞋，我只是一棵南瓜。

5

他那张干净的脸上，连暧昧都写不下。

喜欢他的第五年。

按理说，我不应该再喜欢陈树了。

他已经有了女朋友，我偷偷关注了她的微博，里面时常会晒出她与陈树的照片。

可我的感情就好像上了轨道的火车一样，即使熄火了，强大的惯性还是会推着自己向前走。

喜欢他这么多年，早就成了一种习惯。

一种时不时地想知道他动态的习惯，一种心里总要牵挂着一个人的习惯，一种看星座运势时总要把他的星座也看一遍的习惯。

为了计划一次和陈树的见面，我问东问西，打听出了所有在这所城市的高中同学，然后通过微信一个个地联系他们，问他们要不要来一次同乡会。因为毕业以来都没人组织过在这儿的聚会，所以大多数人都同意了。

最后，我点开了陈树的聊天窗口，假装轻描淡写地说："这周六有一个咱们高中的同乡会，你要不要来参加？"

陈树的名字处显示了好久"对方正在输入……"，我焦急地等待着回复。最后他发来消息："好，有时间我一定去。"

为了这次蓄谋已久的见面，我早在一年前就开始留长发，开始学着陈树女朋友的模样打扮，开始买长长的裙子，但我再也没吃过糖葫芦，因为他们在一起的那天，陈树女朋友举着的那串糖葫芦红得过于耀眼。

终于，周六到了。

我早早地化好妆准备出门，看着镜子里的自己我有点期待，又有点忐忑，我不知道，陈树会跟我说什么。是"好久不见"还是"你变漂亮了"，亦或者打趣我这么多年都没变过的身高。

可是，我还没走到楼下就收到陈树的微信，"不好意思，我临时有事，可能去不了了，你们好好玩。"

就好像是辛辛苦苦做了好久的蛋糕，一下子被人偷吃了一样，那种失望大得可以装满一个三室两厅。

同乡会上，大家兴高采烈地聊着高考，聊着大学，聊着曾经的八卦和彼此的变化，可我却全然没有那种故人相见的欣喜。我最想见到的人没有来，再多的热闹都只是一个人的酒局。

陈树不会知道，其实他才是这场聚会的促成人。

我安慰自己没关系，等我变得再好一点，再漂亮一点，就能大大方方地对他说，"我们能不能见个面？"

聚会后时间还早，我拒绝了再去下一摊的提议。我想做点事情来分散自己的注意力，以至于不再那么想念陈树。于是我打了个电话，约了同宿舍的大学同学来商场里闲逛，计划着一会去看电影。

也就是那么巧，路过某家店铺时，正好看见陈树和他的女朋友在里面挑衣服。

陈树一抬头，目光与我相撞，微笑着冲我打了个招呼。

我不知道说什么，也挥了挥手，对他挤出来一个笑容，然后拉着同学快步离开。

原来所谓的有事，是要陪他的女朋友逛街。我想我刚刚的笑肯定比哭还难看。

同学问，"刚才那人谁啊？"

我说，"高中同学。"

同学长舒一口气，"吓死我了，看你一声不吭的架势，跟前男友一样。"

我笑了笑，故作没事状地岔开话题，催促她赶紧上楼看电影。

那天的电影讲的什么我已经不记得，我的脑子里全是陈树和他的女孩。他温柔地搂着她的腰的样子，他细心帮她挑衣服的样子，还有他吻上她的样子……

我本来以为我可以继续喜欢陈树，哪怕他有了女朋友。

可那天见到他时，陈树自然地冲我招手，就好像见到一个极为普通的高中同学。

没有一点点特殊的感情，他那张干净的脸上，连暧昧都写不下。这时我才意识到，尽管陈树对我而言意义重大，可对陈树来说，我只不过是数十个高中同学中普普通通的一个。

我心里仅存的那么一点希望，就这么败倒在他的微笑面前。

出电影院后，我剪掉了长发。

晚上回到宿舍，第一件事就是打开电脑，点开他的对话框，打了长长的一段话，将这五年来喜欢他的点点滴滴都一一细数。

我将那段话读了好几遍，从青涩懵懂的高一到日渐成熟的大二，好像重新过完了一遍青春。这场青春的故事里，每一页都写满了他的名字。

最后我还是没有按"发送"键，在盯着它看了不知道多长时间之后，默默地将那一大段话一个字一个字地删除。

这漫长而孤独的暗恋，终于可以结束了吧。

= 6 =

没有人知道，有一个女孩，用最笨拙的五年青春时光，暗恋过一个男孩。

在那之后，我又去过一次陈树的学校，这次绕开了篮球场，因为我怕迎面碰见陈树和他的女孩。我只是去了那个有留言墙的奶茶店，然后找了好久，将当时贴在这里的写着"陈树我喜欢你"的便利贴撕了下来，揉成团，扔进垃圾桶。

连同我所有不切实际的幻想，一起扔掉。

我曾经想过在阳台上种玫瑰花，每天摘一片花瓣，晒干了夹在偷来的那个笔记本里，等到每一页纸上都夹满了花瓣就去对你表白。

我曾经想过驯服楼下的那只异瞳灰猫，让它跑来我们学校，你会和我一起给它喂小鱼干，看着它长大，却不知道你和我同样充满爱意地抚摸过它灰色的柔软毛发。

我曾经想过在笔记本上记录下喜欢你的心情，将我们的故事一笔一画地写成书，这样有一天我死掉了，大家收拾我的遗物时会惊奇地发现，原来我的那些不明所以的朋友圈的主人公是你，原来我非常喜欢你。

可惜到最后，玫瑰凋零了，灰猫溜走了，三个写得满满当当的笔记本仍然关在我的抽屉里。没有人知道，有一个女孩，用最笨拙的五年青春时光，暗恋过一个男孩。

不过，我还是不后悔喜欢过你。

因为你，我的整个高中时代才变得充满惊喜，每一天都有了动力。

因为你，我才明白喜欢的意义，是让自己有所信念，哪怕不能和他在一起。

因为你，我才会在高三拼命学习，在每个灯火通明的夜晚与数学题做斗争，来到之前想都不敢想的大学，

因为你，我才变成了今天的自己。

所以谢谢你出现在我的青春里，让我发现，自己可以这么认真地去喜欢一个人。

当我喜欢上你的时候，千万盏灯都为我点亮。

千万棵植物在一夜间开花，千万滴水汇聚成江河。

可这样的声势浩大，最终也只是一个人的风景。

我是巧夺天工精心布置的客栈，而你是行色匆匆不做停留的赶路人。

月亮不发光

///

我们喜欢别人的时候，往往忽视了自己。

以为他就是无边黑暗中的唯一光源，

向着他全力追逐，渴望触碰到那片温暖。

其实，每个人都是会发光的。

当你看到他星光璀璨，不敢接近时，不妨低头看看，

你才是照亮他的光。

- Ⅱ -

她就像是一个万能的人，像某种图腾般让我们崇拜。

林嘉善大二那年转专业到我们班时，男生们就说：我们班终于可以有班花了。

女生们对此嗤之以鼻，因为林嘉善一眼看过去并无惊艳之处，皮肤很好但不够白，眼睛是双眼皮但不够大，长得也不够高，虽然整体看起来是很协调，但离女生们认同的"班花"还差那么一点点。

坐第一排的胖子听到女生们的议论后，回过头来说，你们女生不懂，一看林嘉善的自我介绍就很有气质，明明是个子小小的女孩子，讲起话来却不卑不亢，十分有气场，肯定不简单。

随后的一个月里，胖子的话得到了印证。

她挽救了英语课上冷场的 Free Talk，让我们见识到即兴说的英文也能这么好。她在女生中十分受欢迎，因为性格随和，偶尔卖个萌都让我们无力招架。她文艺晚会时上台唱歌，声音清澈干净，和一些明星不相上下。最意想不到的是，体育课的八百米测试中，身材娇小的林嘉善跑了全班第一名。

总之她就像是一个万能的人，像某种图腾般让我们崇拜。男生中传言，能跟林嘉善说过话，才算没有白待在这个班。

于是，有人趁各种课间给林嘉善送饮料送巧克力。

有人在女生宿舍楼下堵着她表白。

还有人买通了林嘉善的舍友，和她报一模一样的选修课。

我问林嘉善喜欢谁，她说都不喜欢。

我忍不住说道，"哇，最讨厌你这种明明有很多追求者还无动于衷的人了，给不给我们普通人一点活路？"

林嘉善说，"我觉得他们都不认识我啊，就这么贸然地谈喜欢。"

我无语，"谁不认识你？全年级都认识你。"

林嘉善摇摇头，双手托腮，一副若有所思的样子，"改天有时间了跟你慢慢说。"

我看得出她好像有很长的故事要讲，于是拉住她的手，看着她的眼睛，快速地说，"别改天了，就今天吧，我们去咖啡厅挑个安静的包间。"

◦ 2 ◦

他调皮地笑了一下，像阳光下的一颗向日葵，每一个毛孔都散发着春天的气息。

据林嘉善回忆，她上高中之前一直是个很平凡的女生，皮肤不够白，眼睛不够大，长得也不够高，虽然有唱歌的才艺，但也从未上台表演过。

那时大家对她的印象都是个可有可无的女同学，尽管成绩还算可以，可是未免太过安静了些，以至于毫无特色，一时之间都想不起来她长什么模样。

她本来打算就这样平平淡淡地过完高中，可没想到，在高一下学期，她喜欢上了她们班的班长。

林嘉善也不知道具体是从哪天开始喜欢他的，也许是他在走廊上叫出了她的名字，也许是他张贴月考排名时不经意间对旁边的她说了句"你考得不错啊"，也许是他与她四目相接时的一个笑容。总之好像忽然之间，班长就走进了林嘉善的生命。

在林嘉善眼中，班长是个浑身散发着光芒的男生，成绩优异，与人友善，打理起班级事务来并井有条，并且从没听到别人说他的坏话。每周一开班会时，班长要上台做汇报，这时，林嘉善就会从厚厚的刘海下抬起眼睛，仰视讲台上认真演讲的男生。

窗外柔和的阳光斜射在班长身上，将他的轮廓勾勒得清晰而温暖。

林嘉善想，那样优秀的一个人，一定有很多人喜欢吧。而如此平凡和渺小的自己，似乎永远也够不到他的身影。

她只敢在课间时分趴在桌子上，假装在休息，眼睛瞥到教室另一面的班长身上。

林嘉善本以为和班长难有交集，直到划分值周小组时，林嘉善惊讶地发现，自己居然和班长在一组。

晚上回到宿舍，她端详着镜子里的自己，刘海长得挡住了眼睛。于是拿了一把剪刀一本书，凑到镜子前面剪刘海。碎发簌簌地掉到书上，仿佛理不清的少女心绪。

一不留神，林嘉善拿剪刀的手抖了一下，刘海剪出了一个难看的豁口。她看着镜子里蜡笔小新般的自己，想到第二天还要见班长，就难过得想要哭出来。

思前想后，林嘉善索性从自己的笔袋里翻出一个发卡，将前额过短的刘海别了起来，露出长了几颗痘痘的额头。

班长看见林嘉善，笑着说道："你没有刘海挺好看的呀。"

林嘉善的脸一下子红到了脖子根。

随后，她听见他说，"这是最轻松的一个值周岗位了，我专门安排的。哈哈，我们就到值班室去坐着，偶尔出去巡视一下就可以。"

林嘉善心想：原来他也会偷懒啊，本以为是个做什么事情都大公无私、脏活累活自己做的人呢。

于是林嘉善便和班长来到值班室，长桌前有两把椅子，班长很自然地坐到桌前，从随身背的包里掏出一本书来看。

林嘉善跟着坐下，呆呆地盯着桌面。她没想到会跟班长这么近距离地坐在一起，本以为这次值周是跟往常一样打扫卫生，因此什么也没准备。

班长似乎注意到了林嘉善的手足无措，转过头来，对她说，"抱歉啊，我忘了提醒你带点东西消磨时间。要不我们出去转转？"

"呃，好……"林嘉善说。

两个人来到屋外，瞬间一股冷空气钻进脖子里。初春的校园里仍旧有些许寒意，玉兰花的花骨朵瑟瑟地缩成一团。隐隐约约可以听到楼上教室齐声朗读的声音，"逝者如斯，而未尝往也；盈虚者如彼，而卒莫消长也……"。

林嘉善和班长一起穿梭在校园之间，同班做值周的同学看到他们，都会给班长打声招呼。恍惚间，林嘉善感觉自己好像已经和班长在恋爱了，两个人步伐一致，并肩走在小路上，身后是同学们窸窸窣窣的扫地声，抬头是鸟鸣和《赤壁赋》的交响曲，这些在平常普普通通的事情，因为身旁有了他，一切都不同了。

一天的值周匆匆忙忙便过去了，分别时班长小声地对林嘉善说，"不要告诉别人这个岗位很轻松喔，不然我就不能再把自己安排到这了。"随后他调皮地笑了一下，像阳光下的一颗向日葵，每一个毛孔都散发着春天的气息。

- 3 -

喜欢上一个人时，身体里好像有用不完的能量，发现原来自己的潜力无限大，许多以前不敢做或者做不到的事情，都有了去尝试的勇气。

那次值周后，林嘉善发现，班长并不是时时刻刻都像开班会时那样严肃认真的。

他也会偷懒给自己安排轻松的值周工作，也会在课间和男生们说笑打闹，也会在上课时把头埋在书后面，偷偷吃零食。

林嘉善忍不住想，原来他这么正经的人，也会有幼稚可爱的一面，如果能和他做朋友的话，一定十分有趣吧。可她始终没敢主动去和班长说话，值周早就过去了，又找不到能聊天的理由，只能远远地看着他在自己够不到的地方发光发亮。

她的刘海已经长齐了，短短一个月，从裹着羽绒服到换上了单衣，林嘉善还是没能和班长说上话。

有一次大课间，班级里乱哄哄的，男生们一人手里攥着一张纸条，围在班长的桌边，争先恐后地往他的面前递。

班长抬高声音，说，"慢慢交，别着急，等全交完了我才会统计的。"

林嘉善感到好奇，问旁边的女同学，他们在搞些什么。

女同学撇撇嘴，一脸鄙夷地说："那群破男生要搞个什么'班花选举'，每人投一票，票数最多的女生当选。"

林嘉善知道，尽管女生们嘴上骂着男生"好色"，可内心里还是隐隐地想要知道谁是班级里最受欢迎的女孩子。

第二天大课间，班长在一群男生的鼓动下上台宣布班花选举的结果。

"前两天的班花选举第一名是……"

躁动的班级变得安静起来，大家纷纷注视着班长手中的总票名单，渴望能透视过那张纸，提前看到选举结果。

"第一名是……林嘉善。"班长郑重地说。

台下响起一片掌声。林嘉善在一片嘈杂中吃惊地望向四周，听见有女生不解的声音，"为什么是她啊，我都没注意过这个人。"喝着可乐的男生回应道，"你不要吃不到葡萄说葡萄酸，我就觉得林嘉善比你好看。"另一个男生也说，"是啊，群众的眼睛是雪亮的。"

莫名其妙之间，林嘉善就成了"班花"。一个和她关系很好的女孩子告诉她，原来在男生心里，林嘉善长得真的很漂亮。

"他们说，你有一种很特别的气质，和别人都不一样，可能你也没注意到。"那个女孩子说，"不过还是祝贺你啦，其实我也想过你会得第一呢。"

林嘉善心里小鹿乱撞，上课时偷偷拿出小镜子来照。镜中的少女眉清目秀，皮肤光洁，棕色短发刚刚及肩，在阳光下显出和瞳孔一样的琥珀色。林嘉善试着笑了一下，嘴边荡漾起两个梨涡。那时，她第一次觉得，自己也是很好看的，好看到全班男生不在乎她沉默寡言的性格，仍然将大多数的票投给她。

后来班里要选形象大使或是颁奖礼仪时，同学们也纷纷推选林嘉善出列。

期中总结会上，她梳着高高的马尾，身穿短裙，和年级里其他漂亮的女生们并排站在一起，给成绩优秀的同学们发奖状、戴花环。林嘉善悄悄数好了班长上台领奖的位置，和旁边的女生调了下个，这样上台后就可以正好给班长颁奖。

她的心事很简单，就是离喜欢的人近一点，再近一点。

喜欢上一个人时，身体里好像有用不完的能量，发现原来自己的潜力无限大，许多以前不敢做或者做不到的事情，都有了去尝试的勇气。就算会犯错、会碰壁，可在喜欢他的过程中，一切失败都显得那么微不足道。

- 4 -

因为她遇见过一个阳光般灿烂的人，所以不再满足于栖息于黑暗之中，所以宇宙中的其他星辰都失去了意义。

高二的林嘉善下决心要改变自己。

刚开学时班级要出一个朗诵比赛，本来将林嘉善和班长分到了第一排领读的位置，可林嘉善排练时总是找不到感觉，声音很小，两条腿也不停地打颤。

老师不断对林嘉善说着，"声音大一点""这里有感情一点""手势，做手势"，最后还是叹息着"中看不中用"，让林嘉善和后排的一个女生换了位置，由那个女生担任领读。

　　林嘉善拖着沉重的脚步走到队伍后面,站到了那个不起眼的地方。她看到班长回头看了她一眼,眼神中似有疑惑和惋惜。那一刻,林嘉善羞愧得只想钻到排练室的地底下,最好再也见不到班长。

　　从排练室一出来,林嘉善就迅速地跑回寝室,一头扑到床上。

　　渐渐地,班里流传起林嘉善是"花瓶"的言论,说她除了脸蛋好看,没有一点特别。

　　"班长不可能听不到这些话",林嘉善想着,咬紧了自己的嘴唇,暗自发誓要让班长看到一个不一样的自己。

　　她梳起厚厚的刘海,在脑后扎成一个清爽的马尾,班长说过这样的她很好看。

　　课堂提问冷场的时候,她主动举起手来,磕磕巴巴地回答完问题,坐到座位上的瞬间如释重负,仿佛完成了一项重大使命。

　　每天早晨从宿舍到教室的路上,她都会自言自语,背课文或者练习演讲。没事就拿 MP3 听听演讲录音,学着让自己和录音里的人物一样,不卑不亢地说出自己想说的话。

　　不是没被笑话过声音细小,也不是没被旁人用异样的眼光端详过,可林嘉善仍然不到南墙不死心,每天坚持回答问题、练习演讲,即使挫败感再强烈,也要让自己挤出一个微笑来。

　　在一次自言自语被同班同学发现后,好朋友问她,"嘉善,你受什么刺激啦?"

　　林嘉善苦笑了一下,随即故作轻松地说,"没事,就是想试试,我能成为什么样的人。"

　　我们会成为什么样的人?每个十七岁的少年都想过这个问题。林嘉善本来以为,自己会从一个普普通通的少女,变成一个普普通通的成年人。不必相貌出众，不必性格开朗，不必当着许多人的面朗诵或演讲，然后找一个喜欢自己的人，不疾不徐地过完这一生。可在林嘉善十七岁这年，一切都不同了。

因为她遇见过一个阳光般灿烂的人，所以不再满足于栖息于黑暗之中，所以宇宙中的其他星辰都失去了意义。

林嘉善想和班长一样，成为一个黑暗里隐隐发光的人。这样，在漆黑一片的夜晚，他才能从人潮拥挤中一眼认出来她。

在日复一日的锻炼中，林嘉善起立回答问题时越来越自信，可以落落大方地上台演讲，与人交流时也能抬起头看着对方的眼睛。所有人都惊诧于她的变化之大，以为她突然之间换了性子。只有林嘉善自己才知道，她做的这一切改变，都是为了能让自己更从容地走到班长面前。

她想和班长并肩走在一起，想让班长看到她的身影，就算需要再努力地追赶，再多失败后又爬起也在所不辞。

- 5 -

原来这世界上真的有资质平平、但靠努力渐渐变得完美的
人。

林嘉善让我相信，原来这世界上真的有资质平平、但靠努力渐渐变得完美的人。

高二下学期的文艺汇演，班里没有一个人报名。

作为主持人的班长来到林嘉善的课桌旁，用略带恳求的语气问她，

可不可以报一个节目。

林嘉善吓了一跳，"可是我没什么才艺……"

班长说，"你不是会唱歌吗？我记得你在空间里发过几首。"

"可是……"林嘉善本来想说，自己从未表演过，但看到班长信任的眼神，便把话咽了回去。

"我相信你一定可以的。"班长说。

林嘉善点点头。

表演那天，负责服装的老师给林嘉善挑了一条蓝色缀珍珠的纱裙，走起来像是满天星辰抖动。

班长和另一个女生自发为林嘉善当后勤，在后台帮她整理裙摆、补妆。

上台前，班长对林嘉善说了一句"加油"，林嘉善点点头，然后仰首挺胸地走上了舞台。

可灯光照到她眼睛上的一刹那，她还是觉得很害怕。虽然看不清台下观众的脸，但现场热闹的氛围足以让她的双手颤抖。她想到上一次失败的朗诵领读，想到老师的叹气和同学们的嘲笑，突然就没有了开口的勇气。

伴奏已经响起，林嘉善张了张嘴，却没有发出声音，只能僵硬地站在舞台上，听身后的音箱不断播放那首她练了一个月的歌。

这时在后台的班长突然拿着一支话筒走上来，从容地对观众说："对不起，这支话筒出了点问题，请大家再给我们的歌手一遍最热烈的掌声好不好？"

在一片掌声中，班长将话筒递给了林嘉善。

接过那支还留着他掌心的温度的话筒时，林嘉善忽然就不害怕了，就好像他把勇气也传递给了她一样。她双手握着这支话筒，尽量清晰地将每一个字吐清楚，把每一句歌词都传达给下面的听众。

高二下学期宣布值周分组时，林嘉善发现班长仍旧和自己一组，忽然就觉得很安心。班长喊她一起去值班室时，也冲她挤了一下眼睛，仿佛一个约定好的秘密。

林嘉善快步走上前，和他站到一起。

这次的值周已经是轻车熟路，两个人坐在长桌前安安静静地看书。可林嘉善总觉得心里有什么东西要跳出来似的，扑通扑通，声音越来越大，吵得她无法再安宁读下去，面前的文字都变成了扭曲而无意义的符号，看不出本来面目。

好不容易熬到一天过去，林嘉善拉着班长走到夕阳下，深吸一口气，对他说，"班长，我喜欢你。"

班长愣了一下，"你说什么？"

"你要不要考虑和我在一起？"林嘉善几乎是喊了出来，她也没想到自己竟会如此激动，可面对着自己喜欢了一年多的男生，又怎能心如止水？

林嘉善感觉自己的手被另一只温暖的手握住，五指之间伸进他的五指。

她永远也不会忘记那天的落日，天空中一大片火烧云，班长和她的影子被拉得长长的，站在空旷的小路上，他对她说，"好"。

- 6 -

我只有一个秘密，就是喜欢你。

高中的恋爱大都难以逃过大家的法眼，尤其谈恋爱的还是班长，免不得人尽皆知。

大家说他们简直是天生一对，一个聪明稳重，一个漂亮大方，互相吸引也没什么奇怪的。可只有林嘉善知道，她是多么努力地追赶才能站到他的身边。

为他从内向到逐渐开朗，从台下到台上，从自我介绍都瑟瑟发抖到能够在全校面前自如地歌唱，林嘉善一直觉得，他就是照亮自己黑暗人生中的一道光。如果没有他，可能自己还在浑浑噩噩地过日子，当着平均分和大多数，永远不做出格的事情。

和班长在一起，总能把平淡的校园生活过得充满挑战和刺激。

他会趁抱评价手册的时候，悄悄往林嘉善的那本里夹一张便利贴，期待着她偶然发现时的惊奇模样。

林嘉善的快乐就更简单了，每次听到班长的名字，都会开心很久。年级颁发优秀班干部时，她在台下鼓红了掌。

有一次两个人一起在食堂吃饭撞见了老师，林嘉善吓得差点把筷子掉到地上，还好老师的目光只是扫过了他们两个，并未追究什么。走出食堂后林嘉善一个劲地要求以后吃饭要坐对角线，班长只能答应着"好好好"，然后在下一次吃饭时又端着餐盘直接坐到她面前。

后来林嘉善才知道，老师早就看出了"猫腻"，只不过看在他们都是"好"学生的份上也就睁一只眼闭一只眼地没有追究。

高考结束的那天晚上，两个人跑到操场上，躺在塑料草坪上看星星。

聊梦想，聊未来，聊曾经的趣事和彼此的打算。

班长打趣地说，"我都快想不起来你高一时的样子了，每天小小的缩成一团趴在课桌上，被老师点名就像被电击了一样，噌地一下站起来，哈哈哈哈，你怎么那么傻。"

林嘉善嗔怒地掐了班长的胳膊一下，"不许说！"

"好好好，不说不说。"班长求饶道。

林嘉善回忆起那段自卑和内向的时光，那个身板小小的她，身体里居然能迸发出这么大的能量。换作之前，给林嘉善两个脑袋她也不敢想。

晚风徐徐，万里无云。如果时间能停留在此时此刻就好了，两个人大概都这么想。

可明天会如何，高考之后他们会各自奔往什么地方，能否再陪在对方的身旁？这些问题的答案，都像被大雾笼罩着般看不清楚。

"有件事我一直想知道……"林嘉善突然打破了沉默。

"什么事？"

"当初选班花的时候，到底有多少人投了我？"她鼓起勇气问道。

班长说，"只有一个人，是我投的。"

林嘉善眼中充满惊愕，"那怎么……"

班长说，"反正我总票嘛，我说谁是班花谁就是。"顿了一下，然后忽然靠近林嘉善，"在我心里，你真的是第一漂亮啊。"

林嘉善的眼眶微微红了一下，然后说，"你还有多少秘密瞒着我？从实招来！"

"没有啦，我只有一个秘密，就是喜欢你。"

带翅膀的心折纸步骤

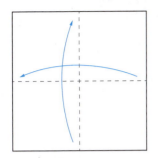

① 横竖对折出折痕，复原

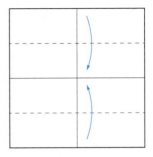

② 对向中间，沿虚线折叠

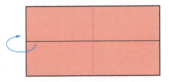

③ 翻面

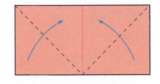

④ 对向中间，沿虚线折叠

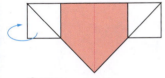

⑤ 翻面

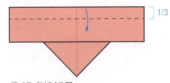

⑥ 沿虚线折叠

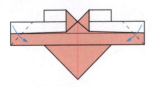

⑦ 沿虚线折叠

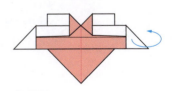

⑧ 翻面

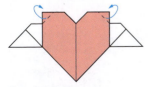

⑨ 沿虚线折叠

⑩ 完成

- 7 -

其实，每个人都是会发光的。当你看到他星光璀璨，不敢
接近时，不妨低头看看，也许，你才是照亮他的光。

咖啡厅里，林嘉善喝完了最后一口卡布奇诺，窗外的夕阳也刚好
落的一滴不剩。

"那……后来呢？"我忍不住问道。

"高考结束后，我们到了不同的学校，然后自然而然地分手了。"

"可我还是很感谢他。"林嘉善说，"他让我发现，自己居然有
那么大的潜力，去喜欢一个优秀的人，去让自己变成一个优秀的人。"

我看见林嘉善的眼中又闪过了一丝自卑，连忙握住她的手，一字
一句地说：

"林嘉善，其实你最该感谢的，还是你自己啊。"

假如当初的林嘉善只是远远地看着讲台上的班长，眼睛里眨出无
数颗羡慕的小星星，却毫无行动的话，怎么能在后来站到班长的身边，
然后得知，其实班长也在注意着她呢？

林嘉善若有所思地望着咖啡杯，然后轻轻点了点头。她又扭头望
向窗外的天空，从前的一幕幕忽然清晰地出现在眼前。

那个起立回答问题时局促不安的林嘉善。

那个因为紧张而朗诵出丑的林嘉善。

那个在空旷无人的清晨走廊一遍遍练习说话的林嘉善。

那个穿着一身星空在舞台上歌唱的林嘉善。

那个和班长并肩走在一起的林嘉善。

林嘉善忽然说："月亮真美啊。"

我顺着她的目光看去，一轮圆月正从地平线上悄悄升起，柔和的光线让整个世界都变得温柔而静谧。

也许，班长对林嘉善而言也像这轮月亮一样，照亮了她少女时期最黑暗和自卑的日子。小时候我们都以为月亮会发光，但后来才知道，是太阳照亮了这颗星球。

我们喜欢别人的时候，往往忽视了自己。以为他就是无边黑暗中的唯一光源，向着他全力追逐，渴望触碰到那片温暖。其实，每个人都是会发光的。当你看到他星光璀璨，不敢接近时，不妨低头看看，也许，你才是照亮他的光。

我的纸上男朋友

//

我一直相信着有这么一个人，他在世界上的某个角落，
万分温柔万分专一，集所有美好品质于一身，就像绚烂的彩虹，
一旦出现，所有的孤单就都会烟消云散。
我不知道他叫什么、长什么样子，性格如何，但我依然相信着。
小说和电影里不是常常这么说吗，一定会有一个真心爱你的人，
像你等他一样在疯狂地等你。
这个人就是我的纸上男朋友。

- 1 -

我一直相信着有这么一个人，他在世界上的某个角落，万
分温柔万分专一，集所有美好品质于一身，就像绚烂的彩
虹，一旦出现，所有的孤单就都会烟消云散。

我有一个男朋友，虽然，我还是单身。

我叫孙粒粒，朋友们都叫我孙大力。原因是我这个人拧瓶盖特别
厉害，有些男生都拧不开的瓶盖，到我的手中就变得乖乖听话，因此
在课间拯救过无数个饥渴的灵魂。久而久之，班里女生需要拧瓶盖时，
都会喊我，"大力，帮忙拧一下"。

拧瓶盖这件事一度让我在班里混了个脸熟，可是并没有什么用。

虽然我自认为性格还算开朗，长相中等，学习也很努力。但在别
的女生都收到情书巧克力的时候，我的书桌上，只能收到前排弱不禁
风的胡瓜递过来的矿泉水——他让我帮他拧瓶盖。

想想也是，一个能自己搬书自己扛水自己拧瓶盖的女生，怎么还
会需要男朋友啊。

我每天一个人吃饭，一个人回家，遇到高兴了或者难过了的事情，
也常常是一个人慢慢咀嚼直到遗忘掉。

有时在食堂里碰见相对而坐的情侣，总会很悲哀地想，为什么自
己的餐桌对面，始终没有一个固定的人呢？没有人帮我拿筷子、占座
位、和我一起聊遇到的开心事，也没有人会在这座城市掀起狂风时从
后面抱紧我。

高一下学期，这种孤独达到了顶峰。

因为不小心得罪了班里的一个漂亮女生，结果我被她们的小团体带头排挤。体育课没有人帮我压着腿做仰卧起坐，化学实验时刚刚好将我一个人分出去，在课间，常常能听见她们用不高不低的声音在谈论我的名字。本来我就没有离得很近的朋友，这么一来，身边的人也都识趣地跟我保持了距离。

我努力让自己显得没有被影响到，热情地帮班里抬水或者做扫除。可只有我自己知道，每天离开家时，我的腿里就像是灌了铅般难以迈开。我很不想去学校，很不想听见那些碎言碎语，很不想孤零零一个人在化学实验时被分到一张桌子，没有人陪我对抗那些黑暗和寂寞的时光。

我无法在晚自习上集中注意力。笔尖划过纸面窸窸窣窣的声音，小情侣们偷偷坐到一起聊天的声音，窗纱外飞蛾向着屋内灯光不断扑棱翅膀的声音……这些都让我心烦意乱，作业没写几行就乱了阵脚，书中的一个个字符凌乱地飘在纸上，拼凑不出真实的含义。

我掏出日记本，在空白的纸张上肆意挥洒心中的委屈。

为什么我就要受到不公正的待遇？为什么被讨厌的人偏偏是我？为什么，这高中生活和我想象的一点都不一样？

写完这些之后，压抑的情绪发泄了很多。我换了一种颜色的笔，在这些"控诉"的下一行接着写道：

"粒粒，不要哭，懂你的人会愿意相信你，时间会帮你筛选下来真正的朋友。就算所有人都离你远去，还有我呢。"

我一直相信着有这么一个人，他在世界上的某个角落，万分温柔万分专一，集所有美好品质于一身，就像绚烂的彩虹，一旦出现，所有的孤单就都会烟消云散。我不知道他叫什么，长什么样子，性格如何，但我依然相信着。

小说和电影里不是常常这么说吗，一定会有一个真心爱你的人，像你等他一样在疯狂地等你。

这个人就是我的纸上男朋友。虽然我还没遇到他，但我知道，他可以不顾一切，坚定不移地选择喜欢我。

如果他在的话，一定会耐心地听我讲完心中藏着的所有故事，轻轻地揉着我的头发，让我躺在他胸膛上，痛痛快快地大哭一场，然后温柔地安慰我说：没关系，都过去了，你还有我呢。

- 2 -

为什么会有这种长得又好看、成绩又好的男生呢？似乎永远也无法追赶得上，只能远远地看着他，知道他是优秀的，心里就会很踏实。

在没有高考压力的高一，每天都会有不同的事情吸引着我们的注意力。而那场让我痛苦和烦恼的孤立还没有超过一个月，就被大家淡忘了。

我的纸上男朋友留了下来，他要陪我度过接下来漫长而未知的时光。

期中考试结束后的一次升旗仪式上，一个高高瘦瘦的男生上台发言。我本来在想着自己的事情，可男生富有磁性的声音吸引着我认真听了下去。

他叫许熙，是高三的前十名，也是前学生会会长。虽然演讲内容还是千篇一律的励志鸡汤，但却莫名让我有听下去的欲望。

前排的女生交头接耳说："他长得还挺帅的诶。"

我本来是个大近视，还不爱戴眼镜，那天的升旗仪式自然也没戴，只好眯着眼去看主席台上的他，模模糊糊了好久之后终于对上了焦。

确实是一个很帅气的男生，留着一头清爽的发型，皮肤白皙五官精致，几乎可以与女生相媲美。一种奇特的感觉在我心里扎了根，就像种下一颗小小的种子，迟早有一天会发芽。

阳光照在他身上，他的光芒太过刺眼，我不由自主地低下头，揉了一会眯起的眼睛。再次抬起头时，演讲已经结束。

我的纸上男朋友从此有了名字，他叫做许熙。

每当遇到困难或是迷茫无助时，我便打开日记本，一遍一遍写着许熙的名字。有一次还和几个女生组队去高三偷看许熙，他安静地坐在班里，桌子前是一摞很高的复习资料。是啊，马上就高考了。

我在日记本里写：为什么会有这种长得又好看、成绩又好的男生呢？似乎永远也无法追赶得上，只能远远地看着他，知道他是优秀的，心里就会很踏实。

我们年级有五六百人，我的成绩常常在三百名出头，不上不下的，也很少有波动。

自从那天在升旗仪式上认识了许熙后，我发现，学校的许多角落里都有许熙的身影。

最常见的是电子屏上滚动着的高三年级前十名，然后公告栏的奖学金名单，三好学生和往届优秀学生干部里都有许熙的名字。

上课走神时，我的右手不自觉地在草稿纸上涂涂画画，回过神时才发现，自己写了满满一张纸的"许熙"。他的名字好像有魔力般，让我的生活都围绕着它旋转。

遇到拿不定主意的事时，我常常会在日记本上问道：许熙，你会怎么做呢？

我也常常会想象我和许熙认识后的场景。他在桌子上俯过身，用充满磁性的声音教我做题，陪我聊天，给我讲他自己的故事。他会和我一起走在学校的走廊上，和其他谈恋爱的小情侣们一样，去小树林的凳子上乘凉。我听他讲起自己想去的大学，他讲话时眼睛里都放着光，然后发誓要努力学习，为了在两年之后考上和他一样的学校。

当然，这些全都是我日记本上的情节。现实生活中，我还没和许熙说过一句话。

更准确地说，许熙还不知道我的存在，不知道他自己什么时候起，成了一个女生在枯燥生活里唯一的目标和动力。

- 3 -

他的背后是蓝色窗帘，阳光透过去，在他的脸上映出一道
光圈，仿佛在海洋馆中深深浅浅的波纹。

为了方便班主任查岗，我们教室靠近走廊的一面全是窗户。有一次许熙送作业路过我们班时，我的目光全程都锁定在他身上，直到他完全走远，脚步声也渐渐消失，我才回过头来。

胡瓜贱兮兮地凑过来，说，"孙大力，你是不是喜欢人家啊？"

我拍了他一巴掌："才没有。"

胡瓜这个人长得挺正经，就是气质有点猥琐，脸上常常挂着贱兮兮的表情，让人恨不得一掌拍死他。可是没有人真的去拍死胡瓜，因为他身材超级瘦弱，不到一米七的个头，身上松松垮垮地套着校服裤子，还是能从宽大的袖口中瞥见他细小的胳膊。跟胡瓜较量非常胜之不武，还会落得一个"欺负小男孩"的罪名。

他还不满足，追在我身边问东问西，我扭过头去，不再理他。

打开日记本，我的纸上男朋友应时而出。

"许熙，我真的很喜欢你。"我写道，"可我不敢告诉你，我怕自己不够好，没法站在你的身边。"

看着自己的心情被一字字写出来，我稍微好受了一点，可还是忍不住地想他。

"许熙"用蓝色的字体安慰我说："加油，我会等你变成更好的孙粒粒。"

我下定决心，如果下一次月考能进年级前二百名，就去和许熙表白。

那个月我的世界里全是习题和课本，差点连做梦都在背课文写单词。纸上男朋友和我的聊天也从心事交流变为学习技巧，鼓励我去尝试更加靠近许熙。

下一次的月考里，我破天荒地考了第一百七十名。看到成绩的那一刻我差点蹦起来，原来心中有一个目标，是会给自己带来无穷的力量的。

我在日记本里写道：我要去找你了，你会喜欢我吗？

"许熙"说：我等你。

这天，我来到许熙所在的楼层。

因为高三下课要比高一高二的晚，我隔着窗户，看见许熙在一大摞书后面认真地写着笔记。他的背后是蓝色窗帘，阳光透过去，在他的脸上映出一道光圈，仿佛在海洋馆中深深浅浅的波纹。看着看着，我本来打好的勇气慢慢消散下去，不敢走上前，之前计划好的表白台词也全都忘掉。

下课铃声响起，我顺着人群往楼梯下走。在拐角处停了下来，对自己说："你今天要是不能把心里的话说出口，以后可能就没机会了。"

在楼梯拐角站了好久之后，我终于听到了许熙的声音。

"……没想好，可能会报南方的大学吧，但是又担心宿舍太过潮湿。"许熙好像在和一个人一面说着些什么，一面不紧不慢地走下楼梯。

我深吸一口气，紧张地等待着他的到来。

终于，许熙和一个女生一同走了下来，一路上，他的目光都宠溺地停留在她身上，全然没有注意到站在拐角的我。

女生的马尾一弹一跳地，消失在下一阶楼梯上。

后来我一个人又在那个拐角站了很久，直到确认自己不会难过得哭出来后，才慢慢地离开许熙的楼层。

回到自己的座位上后，我翻看着之前自己与"许熙"的对话，脸上毫无表情，心里却翻江倒海。

我本来想把关于许熙的日记全都撕掉，假装自己从来没喜欢过他。可撕到一半又不舍得，于是拿透明胶仔仔细细地粘好，十几页纸一下子变成了一页，轻轻一翻就能翻过。

"你在哪呢？"我在崭新的一页，郑重地写下这句话。

纸上男朋友这次没有回答。

- 4 -

我讨厌在校园里看见成双入对的人群，也讨厌快餐店里的各种"第二个半价"，我的男朋友可能在路上走丢了，总也不来到我的身边。

失去了许熙后的一段时间里，我常常提不起精神，连瓶盖都没法像以前一样轻而易举地拧开了。

我需要一个男朋友，我真的需要，我想。

我讨厌在校园里看见成双入对的人群，也讨厌快餐店里的各种"第二个半价"，我的男朋友可能在路上走丢了，总也不来到我的身边。

在对恋爱的渴望和失望的双重交叠中，高二开始了。

一年一度的换教室搬书，依旧是我一个人完成。许多女生都是分好几次或者叫别人帮忙搬，只有我将厚厚的一摞书垒到跟半个人一样高，然后一鼓作气地搬过去。因为书太高，我看不清前面的路，只能低头看着脚下，听旁边的人说："大力，你好厉害啊"。

其实我也想做那种娇娇弱弱、手无缚鸡之力的女孩子，请求自己喜欢的男孩子帮自己搬书，但谁让我偏偏变成了一个人也对付得来这些的怪力少女呢。我还要等着我的纸上男朋友变成现实男朋友，所以一个人的日子一定厉害点才行。

正想着这些，我的前面忽然闪现出一个身影。就像即将撞上冰山的泰坦尼克号般，我还来不及躲开，手里抱着的一大摞书就都哗啦啦地散落在地上。

我有点生气地盯着闯进来的男生，他身材挺结实，不过被我半人高的书撞了一下也是不轻，正蹲在地上揉他的胳膊。见我正在看他，走上前说："对不起我急着出门没注意，要不我帮你搬过去吧。"

说着，他帮我捡拾起地上的书来。

我本来想发脾气，想想他也不是故意的，况且被我的书撞到也挺疼，就没说什么，和他一起捡书。

或许是为了缓解尴尬，男生问道："同学，你是哪个班的啊？"

我说，"六班"。

"哦哦，我是四班的，离你们班不远。"

他又说道："你怎么一个人搬这么多书，没人帮你吗？"

"没事，我力气大。"

有了他的帮忙，剩下的路程很轻松就走完了，他帮我把书抱进教室，冲我挥了挥手后便离开了。我正在整理自己的书时，忽然有一个女生惊讶地说："天哪，大力，你认识周辰鑫？"

"什么辰鑫？"我一头雾水。

"就是刚才帮你搬书的那个，四班的周辰鑫，是咱们年级的校草啊。"

我吓了一跳，也许是去年一直喜欢许熙的缘故，我对刚才那个叫周辰鑫的男生没有一点印象。但在这个女生的口中，他是一个性格外向又充满魅力的人，在学校田径队跑一百米，俘获了许多女孩的芳心。

我仔细回想他的模样，好像确实长得还不错，眉眼清晰有神，浑身上下充满着运动气息。

后来的好几天，在学校里见到周辰鑫时，他都会主动给我打招呼，也得知了我的名字叫"孙大力"，知道我常常独来独往。

晚上，我问我的纸上男朋友，周辰鑫会不会有一点喜欢我。

他说，有可能。喜欢周辰鑫的女孩子那么多，但他却很愿意跟我说话。

我暗自欣喜，像是突然长出了无数颗粉红色的蘑菇，折磨得心里痒痒的。

纸上男朋友顺理成章换了名字，这次他叫周辰鑫。

- 5 -

我觉得你是最有可能喜欢我的人了，所以，我想没有保留地对你好。

"我觉得你是最有可能喜欢我的人了。"我在日记本上写道，"所以，我想没有保留地对你好。"

我打听好时间，去操场看周辰鑫的训练。太阳烤得人面红耳赤，直往外冒汗，而周辰鑫就在这不友好的太阳之下热身、奔跑、跳跃、小麦色的皮肤微微透红，像一只苗壮生长的小兽。

周辰鑫对我的出现并没有感到诧异，很自然地走过来说，"大力，帮我买瓶饮料吧。"

我连连点头，直奔校园便利店。

糟糕，周辰鑫没有告诉我要买什么饮料，是汽水还是果汁，红牛还是咖啡？我挑了好久，索性一下子买了四瓶不同种类的饮料。这样总会有他想要的吧，我想。

我搂着一堆饮料回到操场时，周辰鑫吓了一跳，问我怎么买这么多，我说："我正好也要给同学带饮料，你先挑吧。"

他拿了一瓶橙汁，咕嘟咕嘟地喝了几口，然后对我说："谢谢。"

"不，不客气。"我回道。

有两个运动员来跟周辰鑫打招呼，他应声跟了过去，甚至没跟我说一声"再见"，就又回到绿茵场上。

"没关系，"我在日记本上写，"你应该是很忙，没有注意到我吧。"

纸上周辰鑫说是啊，毕竟他喝了我给他买的橙汁，对我应该也是有一点意思的。

"原来你喜欢橙汁。"我说，"下次就给你买橙汁好了。"

纸上周辰鑫说："粒粒，你真好。"

我合上日记本，陶醉在夏日的幻想中。

下一次准备去见周辰鑫时，我买好了橙汁，早早地就在田径场旁边等着。

休息时间他朝我走过来，手里却已经拿了一瓶汽水，见到我有点惊讶，说："没想到你还会来。"

我说："呃，正好路过。"然后将本来拿在手里的橙汁藏到背后。

周辰鑫突然想起什么的样子，从书包里翻出一本练习册。

"孙大力，你成绩还可以，能不能帮我补一下作业，下周老师要检查，可我一直忙着训练，还没有写……"

我有点犹豫，因为从来没做过这样的事情。可在周辰鑫满怀期待的目光下，我没法说出"不"字。

我将周辰鑫的练习册塞进了书包。

那天晚上，我的纸上男朋友很开心，拉着我畅谈过去和未来。他说他会很感谢我的付出，以后我们在一起了，他会更加用心地喜欢我，不让我一个人这么辛苦。

我写道：那你要好好学习了，不能因为训练耽误太多课。

纸上男朋友说好。

我甜蜜地翻开他的练习册，发现他竟一字未动。但这样也不会被老师发现，我想，于是开始从头帮他填补那些空白。虽然都是我写过的内容，可再写一遍还是很浪费时间，我又不想让周辰鑫看见我潦草的字迹，于是更加认真地抄写下去。

将作业交上去后，周辰鑫说，"孙大力，太谢谢你了，帮我应付过一关"。

我说没事，反正我平常也不忙。

周辰鑫躺在塑胶草坪上，我坐在他身边，这是我第一次离他这么近。回到教室，我迫不及待地打开日记本，写道：

"能帮到喜欢的人的忙，真是太好了，就好像本来废柴的人生一下子有了目标一样。"

"周辰鑫，你到底对我有没有感觉呢？"

"我好喜欢你……"

纸上周辰鑫说：粒粒，谢谢你，我也喜欢你。

帮周辰鑫补过作业后，他非常认真地感谢我了，还给我买了汽水喝。我顿时觉得，这些天的付出都是值得的。

现在想起来，当初的我真是太容易满足了。

没过多久，周辰鑫就又将练习册交给了我，说："这几天还是没空写作业，反正前面都是你写的，拜托帮我再补齐吧。"

我的大脑还没反应过来，嘴上就先说了"好"。

- 6 -

人生已经够孤独了，我不能没有一个精神寄托。我煞有介事的纸上男朋友，我自不量力的青春期幻想，还有我消耗殆尽的少女心。

这天，我正在课间拼命地给周辰鑫写练习册时，不巧又被爱管闲事的胡瓜看见了，他问我在干吗，这一章不是已经写过了吗。

我没说话，使劲按住手里的练习册。

胡瓜一把抓住书的一角，翻到封面。"周辰鑫"三个字赫然出现在眼前。

胡瓜说，"孙大力，你开学那天被撞傻了？"

我假装没听见他的话，继续写题。

胡瓜突然换了一副认真的表情，说："孙大力，你能不能先喜欢一下自己？"

我嘴硬道："你懂什么？你有认真喜欢过一个人吗，你知道能被人喜欢有多不容易吗？我在为了喜欢的人付出，再累也比一个人要开心。"

他张了张嘴，想说什么的样子，却欲言又止。

　　许久没注意，胡瓜蹿高了不少。有一瞬间我竟觉得，他的身上居然多了一种成熟的感觉，不像高一时那么幼稚和爱搞怪了。就好像，从一个男孩变成了一个少年，但贱兮兮的样子还是没有变。

　　哎，我为什么要注意他啊。

　　离开胡瓜后，我一个人跑到天台上吹风。

　　其实我也知道，周辰鑫可能没那么喜欢我。

　　或者，他根本就不喜欢我。

　　我给他买饮料、写作业，他只是笑着说"谢谢"，从来没有更进一步的举动，甚至连买饮料的钱也没给过我。

　　但谁让我无可救药地喜欢上了他呢。我的纸上男朋友也改成了他的名字，在我做题做累的时候，纸上男朋友就会出现，安慰我说，再写一点，再写一点，周辰鑫没准就会喜欢我。

　　人生已经够孤独了，我不能没有一个精神寄托，我想。

　　纸上男朋友就是我的精神寄托，最开始他没有名字，后来变成了许熙，再后来变成周辰鑫。每当我感到孤独一人，无法被爱的时候，打开日记本，就能知道，还有一个人在这世界的某个角落等我。

　　我必须知道，一定还有这么一个人的，否则这些漫长的一个人的时光，过起来真的太难了。胡瓜说的也许有道理，但如果没有人喜欢的话，我要怎么喜欢自己呢？

　　正想着这些，我被一阵吵闹的声音揪回了现实，

　　天台斜下方的走廊里，几个身穿运动服的男生一边吃着雪糕，一边聊着些什么。我本来没打算去偷听，但在人群中忽然间听到了周辰

鑫的笑声。

他被几个男生开玩笑地推搡着，其中一个人调侃说，"周辰鑫你最近桃花运不浅啊，天天都有妹子去咱们训练的地方偷看。"

另一个人接嘴道，"听说还有个女生经常帮你买饮料写作业，你会不会对人家有意思啊？"

我紧张地蹲下来，想要听到周辰鑫的回答。

不一会，他的声音传来："孙大力吗？我怎么会喜欢上她啊，那些事都是她自愿做的，跟我可没有关系。"

我心里像有什么东西突然碎掉了，宇宙中有一颗叫做周辰鑫的星球骤然崩塌、陨灭，化为尘埃。我回教室拿出周辰鑫的练习册，径直走过去，甩在他面前。还没等他反应过来，我便捂着脸逃离了现场。

我要撕掉，都撕掉，我煞有介事的纸上男朋友，我自不量力的青春期幻想，还有我消耗殆尽的少女心。

- 7 -
你能不能先喜欢一下自己。

"孙粒粒。"胡瓜看着回来之后疯狂撕日记本的我，用像是担心我下一秒就要暴走的眼神看着我。

"被你说中了，人家根本不喜欢我。"我说。

胡瓜忽然像一支离弦的箭一样冲了出去，我吓了一跳，只有放学抢饭的时候见他蹿得这么快过。

我本来想跟过去，奈何他早已不见踪影，我只好在疑惑中上完了一节语文课。

课间，班主任进来说，胡瓜跟四班的周辰鑫打了一架，被送去了医院，今天不回学校了。还说，现在的男生怎么了，就知道打架，打架能化解矛盾吗？

"为什么……"我喃喃道。

"你没看出来，胡瓜其实喜欢你吗？"

同桌说："去年大家不知道为什么孤立你的时候，胡同学非要出来维护你，让我们对你好一点。不过他当时瘦瘦小小的，没人听他的话，最后他把带头的两个女生拦住，和她们大吵了一架，这事才不了了之。"

"还有啊，他坐前排的时候，课间总是侧着身子坐，目光停留在你身上。"

"每次你和周辰鑫在外边聊天，他都一脸不开心，全班都看得出来他喜欢你。"

我的眼前浮现出他不计其数来找我拧瓶盖的画面，他一脸贱笑着和我搭讪的画面，还有他认真地说"孙大力，你能不能先喜欢一下自己"的画面。原来一直有人在我的身边，只是我从未发现。

我胡乱地抹了一把眼泪。

谢谢你，胡瓜。

放学后，我问到了病房号，去医院看他，他一见我，马上从床上坐起来。

我说，"你别乱动，好好休息。"

胡瓜还是带着一副贱兮兮的笑，"我没事的，就是好不容易有个机会能不上课，所以才在这躺着，不信你看。"

他伸伸胳膊，又伸伸脚，还说要给我做仰卧起坐。

"得得得，你别做了，别把针头弄掉了。"

我上上下下打量着胡瓜，好像确实没什么大伤，就是脸上被打了一小块乌青。

胡瓜拿手挡了一下伤，我说，"我都知道了，谢谢你。"

胡瓜说："这医院旁边有一个公园，等输完液我们去那转一转，否则在床上躺着太没意思了。"

傍晚的公园人超级多，放学的小学生们，跳广场舞占场地的大爷大妈们，还有无所事事的中年人和叫卖着小吃与玩具的路边摊摊主。

我不由自主地和胡瓜说了好多话，包括我的纸上男朋友。

"小时候，我也假装过自己有一个朋友……"胡瓜说，"想象他陪我玩，陪我睡觉，跟我说心里话，在我被大人骂的时候给我安慰。"

"后来呢？"

"后来我长大了啊。"

公园里的喷泉忽然亮起灯光，在音乐中上下起舞，像是一只只水精灵。

我搂住胡瓜的腰。他一把抱住我，在喷泉前带着我转圈，细小的水雾在灯光下映射出一道绚烂的彩虹。

我不再需要纸上男朋友了，我想。

一步之遥

一百公分，五本书，两只伸长的手臂。

步子大的话，一步就能跨得到。

我和你的距离只有一步之遥，无法远离却也无法靠近。

当我远远地看着你时，横亘在中间的课桌变成宽广的太平洋，

变成行星的轨道，变成时间的虫洞。

你的背影被挡在光年之外，我的心声嘶力竭地呼喊着喜欢，

说出口的却只有简单问候，这一步大概永远也不会迈出。

- Ⅱ -

我的目光穿过层层肩膀追寻到你身上，黑板上的文字都变
成"我喜欢你"。

阳光透过香樟树的罅隙射进教室里，于是本子上有了摇曳的
光斑。

我的目光穿过层层肩膀追寻到你身上，黑板上的文字都变成"我
喜欢你"。

时光的音符流淌缓慢，在有你的空间里，任何事物都能被写成美
妙的旋律。

我本不相信一见钟情。

那天晚自习刚开始，我帮课代表抱作业到办公室，突然从走廊另
一头冲出一个人影，手中的作业本被撞了一下，掉落到地上。

我抬头看到身穿红色球衣的你，胸膛一起一伏，脖子上的青筋隐
约可见。你嘴里说着"对不起"，蹲下来帮我捡起作业本。

看上去你应该是刚刚打完篮球，因为天气太热，索性在水龙头下
冲了个头，头发根根直立着，末梢还挂着些许小水珠。

不知怎么地，我竟紧张起来，接过你递来的作业本后便匆匆离开。

喜欢上一个人如此简单，你恰如其分地出现在我的世界里，早一
分晚一秒都不会与我相遇。

如果那天你没有打球打到快要上课，没有匆匆忙忙地冲回教室，
身上没有穿那件红色球衣，甚至头发上没有小小的水珠滴下，也许我

都不会喜欢上你。

但一切就是这么巧妙，在此之前，你不过是和我同在一个班级的男生，没有说过几句话也没有任何交集。但从那天之后，一切都不同了。

我开始留意你的点点滴滴，在你经常出现的地方徘徊留步。你的声音和身影变得熟悉，你的名字对我来说有了意义。

魏云川。

每次看到你的名字，我总会想起蓝天上肆意扩张的白云，云和云连成一片，成为另一个世界的山川大海。你对我来说，就像这些漂浮的云海一样可望而不可即。

我们的座位隔得很远，要越过很多形色各异的面孔才能找到你。很多时候我只能看见你的一个下巴或是侧影，不知你那时在做什么，是什么心情。

也许我永远都无法走到你面前，对你说出那句深藏已久的秘密。

幸运的是，高二那年换座位，看到座位表的那刻，我激动得差点叫出来。

我坐在你后面的后面。

与你仅隔一个座位这件事意义非凡。

我可以顺理成章地看到你，而不用扭头和刻意寻找。每天上课，目光都要越过你的头发，再看向黑板上满满当当的粉笔字。一想到我们在相同的角度，看着相同的画面，头脑里计算着相同的问题，就连上课都变得有趣起来。

看到你认真做题，只有肩膀一抽一动，我会想你被哪道问题而绊倒，我能不能做出呢。听到你和他人说话，发出爽朗的笑声，我会猜

原谅我有点笨拙的少女心

测是什么事情让你如此开心。总之我的位置是一个最佳的偷窥视角，刚刚好看到你，也刚刚好不会被你发现。

魏云川，你不会知道，有个人在你身后，把平凡而细碎的日常都当成偶像剧来看。

~ 2 ~

我和你的距离只有一步之遥，无法远离却也无法靠近。

刚分座位时每天激动万分，可随着时间的推移，我渐渐对这个位置心生烦躁和苦闷。

我们的位置有点尴尬，说远不远，说近不近。也许只有一百公分，却硬生生地将我拉离在你的世界之外。

你可以和同桌聊天，和前后桌传纸条，向四周的人借 2B 铅笔或橡皮，却不会和我有任何交集。因为我不在你的邻位，我只是你后桌的后桌。

易薇是我最嫉妒的人。

她坐在我的前面，你的后面，与你的距离只有一张课桌。

上课时，她轻轻一戳你便可以回头；考试时，她能从你的手中接过传来的试卷；课间时分，你常常扭过头和她说话，双手搭在她的课桌上，面对着面。

而我只能透过她的背影偷偷观看。

易薇活泼开朗，仿佛和任何人都能聊得来。而我一直独来独往，好朋友的数量屈指可数。有时我都讨厌自己的内向和无趣，明明有机会和你说话却总是低头走过。

我真的非常羡慕易薇，能有这么好的性格，还能和你如此接近。这种羡慕在心里埋藏生根，时不时地探出一根幼苗撩拨我的心弦。每次你和易薇聊天的时候，尽管扭过了头眼神却不在我的身上，这总让我心里小小的期待重重摔落到地上。

我不知道该开心还是该难过，你特别喜欢和易薇聊天，喜欢到胜过你的同桌。

有时你整个人都转过来，易薇也向前凑身，最近的时候只隔十公分，那是我做梦也不敢想的距离。

有时你只是向后一靠，轻声地说上一句话，易薇便哈哈大笑。而坐在你们后面的我，就像一个无能为力的特工，屏息凝神，渴望从只言片语中获得关于你的信息。

我知道你喜欢打篮球，喜欢数学而不喜欢英语，喜欢日漫，常常脱口而出几句日文。

你写作文前，会咬住笔头盯着作文纸的格子一直看，等到灵感突然降临，才拍着脑袋一溜地写下去。可你的作文写的还是很烂，因为你的每次语文试卷都被我偷偷翻看，一边看一边笑，揣测着你的经历和内心。

有时我觉得我好像知道了你的全部，有时又觉得我对你一无所知。

你的过去如何，有没有喜欢过某个女生，上课偷偷看她，为她写情书。你未来会是怎样，想要去往什么方向，我在哪里可以找得到你。

我们的距离究竟有多远呢？

一百公分，五本书，两只伸长的手臂。

步子大的话，一步就能跨得到。

我和你的距离只有一步之遥，无法远离却也无法靠近。当我远远地看着你时，横亘在中间的课桌变成宽广的太平洋，变成行星的轨道，变成时间的虫洞。你的背影被挡在光年之外，我的心声嘶力竭地呼喊着喜欢，说出口的却只有简单问候，这一步大概永远也不会迈出。

= 3 =

你像是一颗恒星，在那里发光发亮。我被你所吸引，成为一颗行星，围绕你旋转，却无法靠近。

我悄悄路过你的世界。

你每天都会打篮球，穿那件红色球衣，像一团阳光下奔跑着的火焰。

每次路过篮球场时，我都会故意放慢脚步，有意无意地远远看一眼你打球的模样。后来干脆变成了在场边驻足，你总是认真地投球，不会知道有人在一旁偷偷观察你许久。

有一次我刚刚走到篮球场附近，还没来得及转头去寻找你的方向，一个篮球就径直地朝我面前飞来。

电光火石之间，我条件反射地伸手去挡。惊魂未定的下一秒，你抱着篮球出现在我眼前。

你说抱歉，又吓到你了。

什么？我问。

你说起上次急着回教室碰掉作业本的事，向我再次道歉。

我的心中有一丝兴奋，原来你还记得我。

正是那天身穿红衣的你突然闯进了我的世界，才有了后来以及现在的故事。我一点也不怪你，我只怪自己太胆小，太没用，不敢对你说出自己的喜欢。

你冲我挥了挥手，又回到球场上继续奔跑跳跃。

虽然你打篮球的技术并不好，时常打飞到场外，但这丝毫不影响我喜欢你，甚至让我觉得你这个人更加的可爱起来。可能喜欢一个人就是连他的缺点都觉得是在熠熠生辉，你把我这颗小星球整个都照亮起来。

我"偶然"经过篮球场时，会帮你们捡起出界的篮球，罪魁祸首的你每次都率先跑出来拿球，和我做交接。

篮球上，我的掌纹和你的掌纹相对，是否能算作我和你间接地牵过手呢？我总是胡思乱想，错过和你对话的大好时机。

后来帮你捡球的次数多了，我再次拿起球时，你身后的男生们常常起哄，说你是不是故意的，每次都让女生来捡球。

身后的起哄声搞得我很不好意思，脸无法控制地红起来。

你转过头，大声喊道："别闹！我打得烂总可以吧，要不你们来捡！"

我怕你尴尬，把球交给你后快步离开了现场。离开时，仿佛还能听见男生们嘻嘻哈哈的笑声。

后来我再也没在篮球场附近多作过停留。

食堂和教室每层都相连，我便常常在晚饭时买饼和豆浆，站在食堂三层和教室连接的走廊上往下看。这里视角很好，可以清楚地看到你而不被你们所注意，我最擅长的事情就是隐藏自己。

其实怕你尴尬只是原因之一，怕我不小心露出喜欢你的马脚，才是真的。

你像是一颗恒星，在那里发光发亮。我被你所吸引，成为一颗行星，围绕你旋转，却无法靠近。设定好的轨道总将我拉回自己的位置，提醒着我和你之间的距离。

行星怎么能够和恒星相遇，就像坐在你后面的后面的我，怎么能走到你面前，和你如同亲密无间的好友一样，肆意交谈。

▪ 4 ▪

内心的小剧场演了千万遍，却连承认喜欢的勇气都没有。

"魏云川，你有喜欢的人吗？"

这天，易薇突然没来由地对你抛出这个问题。

我装作看书，却竖起耳朵，静静地等待着你的答案。那一瞬间课间的喧闹好像消失了，电风扇吱呀吱呀的噪音和窗外知了的恼人叫声一并停止，和我一起等着你回答。

你张张嘴，说："有。"

只是一个字，却沉沉地落到我的心上，原来你早就心有所属。

可内心隐秘的期盼还是叫我继续听下去，万一，如果，可能，大概，那个人是我呢。

转念间另一个声音说：你和魏云川一共都没说过几句话，他喜欢易薇的可能性都远远要比你高吧。

我的心又忽浮忽沉起来，甚至希望你不要再接着说下去，以免我会忍不住在你面前露出原形。

"谁呀谁呀？"易薇紧接着问道。

你第一次流露出害羞的表情，有点紧张地对易薇摆摆手，说："不是我们班的。"

你的回答结束，我的心情很复杂，不知是该高兴还是该难过。

好消息是，你不喜欢我们班的女生，也自然不会喜欢易薇。

坏消息是，你也不喜欢我。

易薇和你接着嘻嘻哈哈地聊着天，我却一个字也没听进去，脑海里都是你刚才的话。

你紧张的样子，有些害羞的表情，就像我和你对话时那样手足无措。

你一定是真的很喜欢她吧。

之后的好多天，易薇都在你的耳边各种旁敲侧击，想从你口中套出话来。

比如："魏云川，你喜欢长头发还是短头发的呀？"

"她的名字是三个字还是两个字？"

"她长得漂不漂亮？穿什么衣服？"

每次你都显得十分窘迫，敷衍地回答易薇一两句，眼神却飘忽不定。

易薇自觉无趣，转过头来，问我有没有喜欢的人。

我很想说，我喜欢的人，就坐在她的前面，离我一步之遥，却永远也够不到。

但我只是摇摇头，说"没有"。

魏云川，我是一个胆小鬼，每天望着你的背影，内心的小剧场演了千万遍，却连承认喜欢的勇气都没有。

我好羡慕你说出"有"时的坚定样子，更羡慕那个被你默默喜欢的女生，也许喜欢你这一年，我一直都是一个旁观者，在你看不见的地方或悲或喜。

你偶尔会抱着篮球闯进我的世界，但又马上离开，坐在离我一百公分开外的地方，和我看着同样的方向，心里却想着不同的人。我就算伸直了双手也够不到你的发梢，只能望着你的背影，在笔尖勾勒你的模样。

天边的云朵变幻莫测，由洁白至昏暗，不知不觉间下起大雨来。我将所有心事在这"沙拉沙拉"的雨声中写下又揉碎，扔进垃圾箱。雨停之后，高二结束了。

= 5 =

这是我曾经幻想过许多次的距离，我可以看见你呼吸时身体的轻微起伏，可以清楚地看见你的每一根头发，甚至听到你做题时的自言自语，只要我想，一伸手就能够得到你。

高三。

老师懒得重调座位，继续按现在的位置坐。

我还是在你后面的后面，你的话变得少起来，想是在为了高考而担心。我抬头的次数也明显不如高二多，大部分时间都低着头做写不完的习题。

不过我低头的原因比其他人多了一个，一是因为高考，二是因为你已经心有所属。

我不再奢求你能回头看到我。

高三的体育课成了自愿，想锻炼的可以下楼自由活动，想学习的则留在班里上自习。

不过还是去上体育课的多，毕竟一周只有一次这种放松的机会，除了像我这样生命在于静止的人，就算下了楼也只是找一个阴凉的地方坐着。

让我没想到的是，你居然选择了放弃打球，待在教室里上自习。

教室里零零散散地坐着几个同学，易薇的座位变成了空的，我第一次可以一抬头就看见你的背影。

你的肩膀微微颤动，不知道是在做什么样的习题。

我忍不住从书本中抬起头，直直地看着你，贪恋着你和我之间少有的、只隔着空气的时刻。

忽然你转过头来，视线与我相撞，我连忙低下头，怕被你看出异样。

你起身坐到易薇的位置上，对我伸来一张卷子，上面有一道被圈起来的题号。

"你会做这道题吗？"

这是你第一次主动和我说话，我向四周望望，所有人都在低头看着自己手中的书。我小心翼翼地接过你递来的试卷，是一道英语阅读。你向来英语不好，现在竟然也收起心来，一本正经地做起阅读题。

我屏气凝神，让自己集中注意力去读题。

你凑过来，和我的距离不到十公分，我甚至可以感觉到你轻微的呼吸。

"呃，这道题的原文在这里……"我在你的试卷上勾画着，"另一道在这，还有一道……"

我计划着将答案帮你划完，然后交给你试卷，以免和你面对面地讲题过于紧张，只顾着看你，却忘记了题目的做法。

"你不要光画线啊，"你说道，"我还是不懂怎么做。"

好吧，原来你的水平比我想象中还要差。

我深吸一口气，给你耐心地讲起来，尽量让自己的吐字平稳而清晰。

你一面听，一面拿笔敲着自己的脑袋。或许这样可以促进大脑思考？我忍住没问，心里却觉得可爱。

听完讲解后，你对我说了句"谢谢"，然后转过身去，继续留给我一个背影。

可你没有回到原位，仍然坐在我的前桌。这是我曾经幻想过许多次的距离，我可以看见你呼吸时身体的轻微起伏，可以清楚地看见你的每一根头发，甚至听到你做题时的自言自语，只要我想，一伸手就能够得到你。

如果体育课永远都不结束就好了，你就能一直离我这么近。即使不说话，也能感到很安心。

下课后易薇回来，看见坐在她位置上的你，笑嘻嘻地说："魏云川，趁我不在就撩妹是吧？"

"不是，我们只是讲题……"我连忙解释道。

你起身离开易薇的座位，只是笑笑，不作回应。

∘ 6 ∘

你能来到我的世界，做那颗发光发亮的恒星，让我在你身旁不远不近的地方停留，已经足够，即使你的光芒不是为我而点亮。

周复一周，每次体育课你都会坐到易薇座位上，遇到不会的题直接扭过头来问我。

我一面欢喜着，一面又忍不住胡思乱想，脑海里上演关于我们的画面。

终于有一天我问你："为什么这么认真做英语题，不下楼打球？"

你笑说："因为想跟她上一个大学啊，英语又不好，就恶补一下喽。"

是啊，你已经有喜欢的人了。

虽然你从未说出过她的名字，但我想，她在你心里一定很重要吧。

我每天都要告诉自己，你不会喜欢我的，你只是顺便问我问题，顺便和我聊两句天。你的温柔属于另一个人，只是偶尔才对我倾泻几分。

即使这样，我还是期待着每周一次体育课的时间，你坐在我的前面，中间没有任何阻挡。

我们之间的话渐渐多起来，做题之余，你会和我到门外聊天。

其实，关于你的很多事情，我早在易薇和你的对话中悄悄听过。你全然不知，对我滔滔不绝地讲着那些我知道的事情，也说着许多我不曾了解的事。

比如，你以前想过到高三了当体育生，结果被老师臭骂一顿，灰溜溜地回到教室继续做题；比如，你说你想要去看尽可能多的风景，最好是做不用上班的自由工作，每个月换着地方住。

我笑你想法幼稚，可心中对你的喜欢却越来越多。

你问我以后想去哪个学校，我说了几个名字，你嘴角竟泛起笑容来。

我问你怎么了。

你说，没事，"她"也想去这个学校。

高考最后一天的中午，我在校园里远远地看到了你。

想到我们的见面次数可能寥寥无几了，不知哪里来的勇气，我竟冲你挥了挥手。

"魏云川！"我喊道。

"什么？"你回头看我，中间隔着许许多多的人头。

那一刻我仿佛有很多话想说，想告诉你我很早就喜欢你了，想说谢谢你出现在我的世界里，想说我们以后还做朋友可以吗，还想说，祝你能和你喜欢的人在一起。

"高考加油！"最后我只是说了这句最简单的话。

我不能让你分心，最后一门是英语考试。反正都喜欢了你这么久，也不在乎这一时向你坦白心意，更何况你已经心有所属。

你走后，我又想，或许我永远不会告诉你这个秘密了；不会告诉你，在你的身后，有一个人因你的欢喜而欢喜，为你的悲伤而悲伤。

你能来到我的世界，做那颗发光发亮的恒星，让我在你身旁不远不近的地方停留，已经足够，即使你的光芒不是为我而点亮。

- 7 -

你踏光而来，直到我们之间只有一步的距离。

两周后毕业晚会，学校别出心裁地搞真心话游戏。

每个人写一张纸条丢到箱子里，随机抽出来的人要将真心话的内容读给大家听。

我没勇气参加这个活动，纸条里随便写了一句话便丢进去，默默祈祷着不要抽中我不要抽中我。

反正有几十张纸条，不是那么容易被抽到的。我正想着这些时，主持人就突然念出了"魏云川"的名字。

大家推搡着你上去读纸条。我其实有点兴奋，能在毕业前再得知你的一个秘密，即使和你的故事没有后续，高中三年也没了遗憾。

你接过话筒，清了清嗓子，然后说：

"我一直喜欢一个女生……"

台下一阵欢呼。

我的心凉了一下，你一定是要说出她的名字了，那个让你喜欢的人。我想要离开，却迈不开步子，只能站在原地，听你继续读下去。

"同学问我时，我一直不敢说出她的名字，但今天我想告诉她，我一直很喜欢她……"

"她话很少，我不知道如何才能靠近。"

"为了能和她多见几面，我打篮球时，故意扔出界。"

"为了她放弃体育课，在班里做让人头大的英语阅读。"

"我常常回头偷看她，却在她的面前不由自主地撒谎。"

"她坐在我后面，的后面。"

"我喜欢你。"

同学们拍着手，怂恿你下台找我，我却感到一切格外的不真实，脑袋里嗡嗡响着，过去的一幕幕轮番上演，每一个故事都找到了合理的解释。

原来你和我喜欢你一样，真挚而又胆小，制造着小小的巧合，只为和我相遇。

你走下台，人群自动地为你让出一条道路，好像河流分成两支，又好像天上的云朵被太阳撕裂，透出明亮的阳光。

你踏光而来。

一步一步，如此坚定，我的心扑通扑通地跳，像那晚的灯光一样忽明忽暗。

直到我们之间只有一步的距离。

曾经觉得无比遥远，仿佛永远也迈不过去的距离，再次出现在你我之间。可这一次，它显得格外渺小。也许我们都不敢做跨出这步的那个人，所以任由时光流逝，仍然将感情深深地藏在心里。

许多个你出现在我眼前。身穿红色球衣，头发滴下水珠的你。故意击飞篮球，跑到场外和我聊天的你。拿着英语试卷，用笔一下下敲自己脑袋的你。回头和易薇说话，眼神却与我相撞的你……站在我对面，对我说着"我喜欢你"的你。

我向前迈去。

孤 勇

SOLITARY

马卡龙女孩

//

你肉眼所见东西的未必真实。

名校毕业的天之骄子也许也在为房租和薪水发愁，

身穿名牌脸蛋精致的女孩

也许刚刚从所谓的Sugar Daddy手中拿到生活费，

常常来城市中心挥金如土喝下午茶的女孩也许即将永远离开。

— 11 —

这个世界是不公平的。

有的人勤勤恳恳，偏偏飞来横祸；有的人作恶多端，偏偏家财万贯；有的人四处留情，偏偏有恃无恐；有的人忠贞不渝，偏偏遭受背叛。

这个世界是不公平的。

有的人勤勤恳恳，偏偏飞来横祸；有的人作恶多端，偏偏家财万贯；有的人四处留情，偏偏有恃无恐；有的人忠贞不渝，偏偏遭受背叛。

王晴告诉我，消除不公平的办法，就是让自己成为不公平。

每周六她会搭最早一班的地铁，到城市另一头去找一个人。

周日晚上她风尘仆仆地归来，身上换成一套全新的装备。

我只在她的口中听说过这个人的样子：四十左右，既没有一张英俊的脸，也没有令人倾心的才华，相反他身材臃肿，世俗圆滑，只有钱包像一个无底洞，永远能掏出这个年龄段的女孩子所需要的一切东西。

男人管她叫 Sunny，他身边的女人似乎全是各种英文名字。Sunny 是其中最年轻的一个，新鲜、活泼，带着初见世面的青涩，那是在社会混迹已久的他早就失去的东西。

每周他们只见一次面，如同民国谍战片里秘密接头的特务，执行着不可告人的任务。但当他们走在一起时，又显得格外自然和亲密，引得路过的人都纷纷侧目。

那当然，一个成熟稳重，一个年轻美貌，十分搭配也十分不搭。

他带 Sunny 去高档餐厅，巨大的盘子中央只盛一小块鹅肝，加了薄荷叶的饮料里冒着气泡，在昏黄的灯光下折射出 Sunny 从未见过的色彩。

他领 Sunny 逛名牌专柜，看小女孩的眼中流露出好奇与渴望，他只在一旁安静地笑，偶尔教她品牌名称的正确读法，替她买下她心仪的奢侈。

他们走进一夜上千元的酒店，不多不少，只停留一晚，天亮后两个人挥手作别，就好像完成一项例行的工作。

男人和发妻结婚已久，儿子正在上小学，倒不是完全不爱他们，只是心里会有那么一片领土留给初恋与激情。而 Sunny 就是他的初恋，也是他的激情。

他们一个付出金钱，一个付出陪伴，恰好填补彼此最需要的东西。见面时是金风玉露，在短短的二十多个小时里做彼此的唯一。离开时就当做萍水相逢，不用为对方的生活有其他任何的负担。

周一到周五，她是普普通通的大学生王晴，照常上课下课，一个人在食堂吃饭。周六周日，她则是八面玲珑的 Sunny，挽着男人的手臂出入价格高昂的餐厅。

王晴身边朋友很少，因为这个身份的关系，很多人都不太乐意接近她，在背后对她指指点点。

说实话，我倒觉得大多数女生都羡慕王晴。在最美好的年龄拥有与之相配的物质，说不想都是假的。

其他人都在穿撞衫率超高的 H&M 和 ZARA 时，王晴已经一身 GUCCI；其他人还在专柜试口红然后找代购帮买时，王晴已经可以拿着一张卡叱咤商场一层；其他人还在为了做家教等兼职每周跑来跑去时，王晴已经有了每个月花不完的生活费。

那年我们十九岁，在这座最繁华最发达的城市上大学，对生活懵懵懂懂，对未来充满迷茫。

因为我的三观不正和坦诚，我成了王晴几乎唯一的朋友。

- 2 -

在大学，贫穷的人是可耻的。

王晴并不是一开始就成为 Sunny 的。

大一刚开学，我提着一兜生活用品从超市出来，回宿舍的路上，廉价的塑料袋突然破掉，牙刷肥皂盒水杯什么的小东西掉了一地。

正当我愣在原地，不知如何是好的时候，一个女孩子从后面追上来，帮我收拾好散落的生活用品，热情地用双手抱着，和我一起搬到宿舍。

这个女孩子就是王晴，穿着米白色卫衣，扎着松散的丸子头，素面朝天却五官清秀。

我心中暗自对她生了好感。

王晴和我在同一级，我常常碰见她一个人坐在食堂的角落，吃最简单的盒饭套餐。同样独来独往的我便端着盘子和她坐到一起，在吃饭之余会天南海北地聊上几句。

本以为我和王晴只是临时一起吃饭的组合，可是一个月过去了，我们还是没有交到新的朋友，索性将这份一面之缘的友情延续下去。

我和她都来自小城市，对崭新的大学生活充满期待也充满恐惧，生怕做错什么事，受到别人的嘲笑。

在大学，贫穷的人是可耻的。

我第一次知道，原来口红是分颜色的，买鞋是要看牌子的，请客吃饭不能去肯德基麦当劳。开学第一个月，开支就超过了我的想象。

我和王晴凑在一起琢磨如何挣钱，互相分享兼职群。

大学生要赚钱真的不容易，发传单性价比低，做家教对学习要求高，推销又没有口才。在看了一圈兼职之后我选择了放弃，省吃俭用勉强度日。

王晴因为身高一米七，够条件报名会展礼仪。第一次参加时，那边要求自带高跟鞋，王晴叫我陪她一起去商场买。

那是我们第一次以购物为目的走进卖高跟鞋的店面，各种款式的鞋子让人挑花了眼。导购在旁边介绍着哪款更百搭哪款更时尚。我们挑来挑去，最后买了一双最便宜的黑色高跟鞋。

王晴穿它站了一天，脚后跟处磨破一小块皮。

我借云南白药给王晴抹，她感激地在微信给我发红包。

我说："不用了，有空请我吃饭吧。"

王晴点点头。

做了一个月礼仪，她挣到了足够生活开销的钱，每次出门回来，常常顺手给我带些好吃的。

放弃体力劳动的我整天窝在宿舍里看书打字，尝试写东西投稿，却一直都是石沉大海，全靠王晴拉一把挣扎在温饱线上的我。她倒很鼓励我写作，有时会认真地读那些被拒的文章，给我一本正经地提些建议。

直到一个周末，王晴照常出门，却在晚上焕然一新地回到学校。

她脚上的鞋子早已换掉，取而代之的是一双崭新的 HERMES 平底拖鞋，身上洋溢着祖马龙香水的气味，陌生而疏离。

"这次的礼仪钱这么多的吗？"我问道。

"不是。"王晴说，"我被包养了。"

说出这句话时，王晴没有任何难受或激动的表情，就好像和我说今天午饭吃了什么一样随意而又确定。

我不知如何回应，索性不说话，加上面部表情向来不丰富，看上去格外淡定。

王晴说："小凡，你真好，从来不会大惊小怪。"

- 3 -

女孩们管给她们生活费的男人叫"Sugar Daddy"，两个人虽然不会在一起，但可以各取所需。

每当我生活不顺、心情低落时，就会和王晴去城市中心的一家咖啡厅喝下午茶。

这家咖啡厅里座位很少，每两桌之间的距离又很大，冷气开得足够冻死人。

我坐在圆桌这头，王晴坐我对面，中间放一座圆形的三层甜品架，摆满琳琅满目的蛋糕和饼干。这么多甜点当然是吃不完的，更何况其中有许多甜得发腻，无法下嘴。

来这里点下午茶的意义不是它好吃，而是它能带给我们一种其他地方没有的感觉。

我和王晴一边吃着蛋糕，一边漫无目的地聊天，反正这里没有人会想要了解两个陌生人的故事，什么都可以说。

王晴让我叫她 Sunny，因为这样就好像做了这些事情的不是她。

Sunny 说，那天她从展会会场下班，正准备坐地铁回来时，被一个女人拦住。

她说，在展会上注意到了 Sunny，觉得她条件不错，问她有没有意愿去见一个人。她认识一个小公司的老板，想找大学女生陪过周末。

Sunny 开始有些犹豫，女人说："与其费心费力地做礼仪，拿按天计费的工资，还不如陪着老板轻轻松松地把钱赚了。"

想到自己要拼命努力才能有和其他人一样的生活，Sunny 鬼使神差地跟着她去见了那个男人。

他四十多岁，长得不帅，但彬彬有礼，主动询问 Sunny 想要去哪里玩，看到她脚下不合适的高跟鞋，立马带她买了新的。

然后男人带她去吃了晚餐，挑了几件她从前都不敢去摸的衣服，最后送她一瓶气味浓郁的香水。

这也许是 Sunny 第一次被人如此重视，她甚至怀疑眼前发生的事情是否真实，脚下的水晶鞋等到十二点后会不会消失不见，穿着舞裙的自己再度变成灰头土脸的样子。

好消息是，男人的金钱不是魔法，只要她想要，她就可以一直拥有，甚至，拥有更多。

离开前，Sunny 答应和他保持关系。

"这犯法吗？"我问。

"我又不是卖身，就像是找了个有钱的男朋友，你陪他，他给你买东西，怎么会犯法？"

"那你会出事吗？"

"他可是有头有脸的人，比我更害怕出事，所以不会让我怎样的。"

"你以后打算怎么办？"

"不知道，先赚够了钱再说。"

Sunny 拿起面前的马卡龙咬了一口，眼睛里有了彩色的影子。

据她说，包养在国外很普遍，女孩们管给她们生活费的男人叫"Sugar Daddy"，两个人虽然不会在一起，但可以各取所需。

Sugar Daddy，这个名字很形象，买糖吃的爸爸，我和 Sunny 能在城市中心吃两百元一位的下午茶，都是因为他。马卡龙碎在嘴里洋溢的甜腻味道，久久不能散开。

遇到男人之后，Sunny 整个人都变了样子。身上的名牌越来越多，化妆技术越来越高超，背着男人给她买的包包潇洒地走在校园里，任凭他人投来羡慕或嫉妒的眼光。

"你这个包包是 LV 的吗？"吃饭时我随口问道。

"LOUIS VUITTON。"Sunny 一本正经地纠正我的叫法。

= 4 =

如果金钱这么容易就能得到，那努力还有什么意义？

大二上学期，我做写手，常常一下课就抱着笔记本电脑往图书馆钻，遇到时间紧迫的稿子，不得不熬夜才能写完。

Sunny 送我几瓶眼霜小样，让我照顾一下自己的黑眼圈。

我第一次用这么好的护肤品，巴不得自己再多生几个黑眼圈出来。

我想起自己许多次为了一篇通稿反复校对，为了软文的写法煞费苦心，为了多一两百块的稿酬而和对方争执不下。

如果金钱这么容易就能得到，那努力还有什么意义？我可能三十岁、四十岁才能拥有的东西，和 Sunny 一样的女孩不到二十岁就已经司空见惯。

我在兼职群里加了一个人，据说是一名中介，和当初介绍 Sunny 给雇主的人一样，专门在女孩和金主之间穿针引线。

"那个，我不想在外面过夜。"我说。

"那可不好找。"

她让我发去照片、身高、体重等信息，说，有合适的对象会联系我。

我在忐忑不安中度过了一周。

周六，她说："今天晚上八点，有个老板要找人陪他吃饭，500 块，你能来吗？"

我犹豫了一下，回道："能。"

来到约定的地点，五星级酒店，只在 Sunny 的描述中听到过。

老板靠在椅子上看着菜单，见我到了，招招手让我坐下。

我打量着他，身着西装革履，领带打得一丝不苟，看上去真的是一位有钱也有风度的老板。

菜渐渐摆上来，配着甜点和红酒，我琢磨着它们的价钱，但无论多少，我肯定买不起。

"你怎么一直闷头吃，不说话啊？"老板说。

我有些窘迫，只好没话找话："为什么陪你吃一顿饭就可以拿500块？"

他笑了："因为想认识你这样的小姑娘啊，平常都见不到。"

"陪我聊会天"，他说，"再给你500块。"

500块，我可以少写两个星期的稿子，不用被甲方折腾得半夜爬起来改文案，不用克制着不点外卖，吃学校食堂永恒不变的套餐。还可以买下我一直想买的衣服和化妆品，一改平常不会打扮的样子，吸引同学们的目光。

我同意了，继续留在那里和他聊天。

有一瞬间我竟觉得这个老板人还不错，只是有点寂寞。

厚厚的窗帘遮住了外面的天色变化，再次看表时，已经将近十点，吓得我连忙收拾东西。

"我要走了"，我说，"晚上宿舍会锁门的。"

老板笑着给我结算"工资"，拿到1000元时，心里的石头落了地。那钞票仿佛烫手一般，我接过后马上放入钱包。

他忽然又抽出一沓钞票，说："反正回学校已经晚了，在这留一晚上也不吃亏。"

我愣在原地，不知是接还是不接。

和他手中的现金相比，我拿到的1000元显得格外渺小，它只能支持我不到一个月的开销，甚至不能买一件高档的化妆品。而如果接受了老板，那些只在橱窗中看见过的物品就能摆到我的桌上。

就在我的欲望即将战胜理智时，身后忽然传来脚步声。

一对情侣挽着手进入酒店，虽说是情侣，但看背影更像是父女。

女生路过我时回头看了一眼，竟然是Sunny。

她起初有些吃惊，看了下我和我对面的男人之后马上懂了，趁回头的间隙对我用口型说话。

"小凡，快走，不要回头！"

我仿佛突然被泼了一身凉水般清醒过来，匆匆逃出那家酒店。

﹒ 5 ﹒

她第一次被人全心全意、不抱任何目的地喜欢，只可惜这份爱来得稍晚了点。

我不知道 Sunny 为什么要让我走，明明自己都做了一样的事情，还要那么态度坚决地阻止我。

但我也没去问她，自从上次酒店一别后，我们都装作选择性失忆，从没在对方面前提起过这事。

Sunny 还是会和我到咖啡厅喝下午茶，不过聊天内容除了最近的生活、新买的衣服以外，还多了一项感情问题。

有一个大一的男孩子在追 Sunny。

他和 Sunny 的有钱男人差得很远，用 Sunny 的话说是"既贫穷又幼稚的初等生物，还需要很长时间才能长大成人"。

男生和 Sunny 同上一门选修课，她每次都坐在同一个位置，男生常常在后桌看她，她的长发披在肩上，即使没有同伴，脸上却永远都是精致的妆。

男生终于忍不住找 Sunny 要了微信号。

"你喜欢他吗？"我问。

"怎么可能。"

虽然我也不看好他们在一起，但男生追 Sunny 追的很认真。

他给 Sunny 写情书，用粉色的信纸，连写错的地方都涂成了黑色的心。

他给 Sunny 每天变着花样送早餐，中式西式一应俱全。

Sunny 始终无动于衷，半点回应也没给过他。

男生锲而不舍，认为是自己送的礼物 Sunny 不喜欢，询问过身边女生后，决心攒钱给她买 CHANEL。

他成绩还算好，接了家教的工作，常常在图书馆见他准备课件，午餐只吃面包或食堂套餐。

周末早上，男生有时会和 Sunny 在地铁上见面，问候一句"你也出门啊"然后在不同的站台下车。

男生去学生家做家教，而 Sunny 去和男人见面。

当他真的攒够了钱，给 Sunny 买到香水告白时，我差点又相信爱情。

Sunny 打开礼盒，幽幽地说了一句："这款我早就有了。"

同一级中有人看不下去，找到男生，告诉他 Sunny 的"光辉事迹"，男生不信，要跟 Sunny 当面对质。

那天他们站在教学楼门口，因为是午饭时间，周围的人都行色匆匆。

Sunny 双手抱在胸前，对他说："没错，我就是被包养了。"

男生愣在原地，像是忘了自己要说的话，机械般地转身离开。

Sunny 露出一种玩味的笑。

她的眼睫毛根根分明，无论是粉红色的眼影、纤细的眉毛还是额头鼻梁上的高光，都是那样的恰到好处。大牌化妆品就是不一样，就算流过泪，妆也没有弄花半点。

我知道她是喜欢他的。男生出现后，我第一次见 Sunny 流露出少女般的羞涩。她仔仔细细将男生的情书收好压平，放进抽屉里；平常不吃早餐的她也会在课间悄悄打开男生送的三明治吃上几口；在校园里和那男生偶遇时，虽然没有打招呼，却会不自觉地撩弄头发。

她第一次被人全心全意、不抱任何目的地喜欢，只可惜这份爱来得稍晚了点，她已经有了每周不得不去见的人。

男生买的 CHANEL，被她放在书架上，从来没有用过，却擦拭得一尘不染。也许在她心里，他就像那个包装精美、晶莹剔透的玻璃瓶一样，是她只能远远观看却舍不得打开的宝物。

∞ 6 ∞

年轻时靠走捷径吃到了一点甜头，想要再回到正常的道路上去经历先苦后甜，真的太难了。

同龄男孩的爱，是她承受不了的重担。

Sunny 说，我已经忘记如何去喜欢一个人了。

面对那个男人时，她不需要考虑如何去给出自己的爱，不用计划约会地点和方式，不用给他写长长的真挚的情书。

"现在离开他不行吗？"我说。

Sunny 说不可能的，她试过了，现在的她已经无法用每月一千多块的生活费来维持自己的开销。她可是受不了在淘宝上买衣服，每天要用神仙水，是见到新款彩妆就忍不住收入囊中的女孩。

当你习惯了锦衣玉食，还能回到粗茶淡饭吗？她问我。

我想起从酒店逃离的那天，砝码一注注地被加上，诱惑也越来越大。如果我没有离开，也许现在已经走上谁的床，陪在一个不喜欢的人身边，对心爱的人的追求感到惶恐。

欲望是永无止境的。

年轻时靠走捷径吃到了一点甜头，想要再回到正常的道路上去经历先苦后甜，真的太难了。

步入大三，Sunny说她的雇主和妻子感情不和，很可能要从身边的女孩中扶正，这是她最好的机会。如果能成功，就再也不用发愁这段关系结束后何去何从。

我劝她和男人断了联系，她则和我大吵一架，说她已经无法回头。

我开始很少见到Sunny，她的微信删除了我，手机号码也换掉，课也不怎么来上，仿佛要和作为学生的自己彻底脱离。

她搬到了校外，男人给她租了一间房子，让她做看似自由自在实则听他掌控的金丝雀。

我不知道她现在每周和男人见面几天，会不会有更丰裕的生活费来支撑起她那颗骄傲的心。

我只知道，Sunny离开之后，发生了很多事。

学校里几乎每周都组织考研讲座，刚刚毕业的学长学姐顺势卖掉辅导资料，将自习室留给满怀斗志的我们。

也有很多同学去了各大公司实习，互相交流哪家公司的食堂更好吃，打算毕业后直接工作，不受背书做题的折磨。

追她的男孩子已经有了新的女友，两个人常常在宿舍关门的最后一秒还抱在楼下，仔细看女生的眉眼有几分像她。

彼时我正在写自己的新书，真难想象，像我这么一个三观不正的人有一天也会给别人大谈特谈人生道理。

大三下学期的期末考试，Sunny 依旧没有出现。

有人说，她和土豪结婚了；有人说她被原配抓住，闹到爸妈面前去；有人说她的雇主抛弃了她，找了新的女孩子；还有人说，她带着一大笔钱回到另一座城市隐姓埋名。

每一条我都不愿意相信，但随着 Sunny 日复一日的失踪，我又觉得每一条谣言都像是真的。

终于，期末考试结束的第二天，我的手机收到一条来自陌生号码的短信。

"小凡，明天老地方见。"

˜ 7 ˜

这个世界是公平的。

勤勤恳恳的人最起码无愧于心，作恶多端的人往往睡失眠的夜，四处留情的人难有真诚的爱，忠贞不渝的人得到世人青睐。

咖啡厅里，冷气开得十足。

Sunny 化着淡妆，嘴唇上涂的是兰蔻赤茶橘，在灯光下映出点点闪光。

尽管如此，我还是看得出她比从前憔悴许多，面色有些苍白，眼神中也失去了曾经闪烁的光芒。

"你没事吧？"我问。

"前些日子觉得那里不舒服，可能是得病了，于是去医院检查了下身体。"

"然后呢？"

"没有大碍，只是普通的炎症。"

我松了一口气，还没来得及问她为什么没来期末考试，Sunny 喝了一口咖啡，平静地说："我决定退学了。"

"为什么？"问出口的瞬间我就后悔了，害怕 Sunny 尴尬，谁都知道，退学肯定和她被包养的事情有关。

Sunny 叫了两块蛋糕，一块抹茶一块榛果，这是她第一次没有点精致甜腻的马卡龙。

她没有回答原因，只是搅动着自己杯中的咖啡，神色黯然。

她说，爸妈打算让她回老家做小生意，如果运气好的话，嫁一个有钱的人家。但她想再考一次大学，不知道还有没有机会。

"小凡，你知道我为什么不想你参与这件事吗？"

我想起在酒店里遇到她的那天，不知如何回答。

"这三年我得到了很多人十几年才能拥有的东西，名牌的包包，富足的生活，还有肆意挥霍的底气。如果说有什么遗憾的话，就是没有过上几天无忧无虑的大学生活。

"所以答应我，好好活下去，就当是替我体验另一种人生，我等你成为知名作家。"

这天阳光很好，天空很罕见地蓝得透明，Sunny 仔仔细细地吃完那块抹茶蛋糕，心满意足地放下叉子，这也许是她最后一次来这里。

我要送她，她说不必了，和我道别后迅速消失在人群之中。

我担心起她来，害怕她没有学历，加上花钱大手大脚，就算离开了这里还是会重蹈覆辙。

但想起那个趁着眼神相对之时，用口型叫我"不要回头"的女孩，又觉得她也许能渡过这道难关。

告别 Sunny 后，我又在咖啡厅坐了很久，只觉得身边的一切都那么不真实。直到天色完全放黑，我才呆呆地走到大街上。

这是一座不夜城，每年无数人为了所谓的梦想来到这里，却渐渐陷入深不见底的泥淖。

你肉眼所见东西的未必真实。名校毕业的天之骄子也许也在为房租和薪水发愁，身穿名牌脸蛋精致的女孩也许刚刚从所谓的 Sugar Daddy 手中拿到生活费，常常来城市中心挥金如土喝下午茶的女孩也许即将永远离开。

这个世界是公平的。

勤勤恳恳的人最起码无愧于心，作恶多端的人往往睡失眠的夜，四处留情的人难有真诚的爱，忠贞不渝的人得到世人青睐。

贪图劳动之外的报酬，会掉进欲望的旋涡。用年轻换来的物质和欢愉，也会随着岁月而消失殆尽。

Sunny，不，王晴，你听到了吗？

第三者观察日记

天使小人儿软绵绵地说：
你是在破坏别人的感情呀，这样不好的，
如果真的喜欢他，就默默祝他幸福吧，
别将他陷入难以抉择的境地中。
魔鬼小人儿一脚将它踹倒，对我说：
废话那么多！你是真心喜欢他的对吧，
那就去追啊。

— 1 —

我想，我应该被称为第三者。

3月21日，星期一，晴。

宿舍楼下的情侣又在缠缠绵绵，仿佛第二天见不到面一样。

我冲他们翻了个白眼，然后关上窗户，以免受到视觉污染。

过了一会，舍友推门回来，一副起了鸡皮疙瘩的样子，说：楼下的两位也太招摇了吧，当着那么多人的面都能亲起来。

我深表同感。

从舍友的口中，我得知了那对情侣中，男生叫魏子然，女生叫云清，是数学系大二的金童玉女。据说新生军训的时候就在一起了，感情好得不得了，在大家羡慕的目光中恩恩爱爱地过了一年。

秀吧秀吧，秀恩爱死得快。舍友说：等哪天分手了，看他们怎么面对整个宿舍楼。

我被舍友的话逗笑，和她接着聊起八卦。

我所在的大学阳盛阴衰，男女比例达到三比一。可即使男性生物的基数如此之大，我们整个宿舍依然是单身。

因为这里的大多数男生都是整天穿格子衫牛仔裤、一心只读物理化的直男，在他们身上完全没有恋爱的欲望。唯一几个长得好看又有趣的男生，要么追求者众多，要么大一一开学就被抢占了。我和舍友感叹，当初填志愿时，真是不该听信"理工院校好找对象"的谣言。

公选课时，迟到的我常常低着头，抱着书包往后排钻，企图在课堂上弥补自己缺失的睡眠。当然，这种课后面的几排都是坐得满满当当的，除了最后一排。

最后一排只坐了两个人，那就是魏子然和云清。他们身旁很自然地留下了大片空座，作为大家对情侣们另类的尊敬。

没办法了，补觉要紧。我只好硬着头皮，走到最后一排离他们两个最远的座位上。

云清扭头看了我一眼，然后继续低下头，和魏子然聊天。

在老师慢条斯理的讲课声中，趴在桌子上的我很快便进入梦乡。

当我迷迷糊糊地睁开眼时，第一节课已经结束，同学们纷纷聊起天来，或是拿上水杯到外面接水。

魏子然端着两个情侣杯子出去，回来时已经接满了水，一只杯子里还冲上了咖啡。

云清接过装咖啡的那只杯子，用很嗲的声音对魏子然说了句谢谢。

我鄙夷地望向他们。

云清看上去很普通，也就比一般女孩多会打扮一点而已，化了一副甜美的妆容，穿着点缀满可爱元素的衣服。

不过别说，魏子然长得还挺好看，高高瘦瘦，穿一件 SUPREME 的白色连帽衫，下巴上的胡子刮得干干净净，在一群理工男里格外扎眼。即使十分讨厌他不分场合秀恩爱的行为，我还是没忍住多看了两眼。

不知道为什么，后来我不断地想起那个手里拿着两只水杯的魏子然，想起男生手指突出的关节和眼睛里温柔的目光，可惜那目光聚焦的不是我。

有一天晚上在宿舍突然肚子疼，但热水要跑到楼下水房去接，只好抱着抱枕躺在床上等它平息。我突然想：如果魏子然是我的男朋友就好了，他肯定会给我接好热水托人送过来，不让我受到一点委屈。

舍友看我发呆的样子，问：你是不是思春啦？

我说：才没有，不许胡说。

也许我只是看到他们谈恋爱的样子，心里有些向往和羡慕吧，我对自己说。

我悄悄地打探关于魏子然的消息，在校园里留意着他和云清的身影，还跑到校园网上偷偷搜索他的名字，窥探他都参加了什么活动。

我不会喜欢上他了吧？

实话说，魏子然和云清的感情确实不错，他对云清一向是有求必应，反倒是云清时不时地发脾气使小性子，令他难堪。

我也同意这一点。云清过于做作，明明不是可爱型的长相，却非要用各种小女生的东西。从她把自己拼命打扮得那么可爱就能看出来，她不太适合魏子然这样心细又真实的人。

看着他们在夜晚的女生宿舍楼下拥抱，我心里竟有些复杂的感觉，隐隐地期待他们的亲密不要持久，有时也期待着我能变成那个被魏子然宠在手心里的女生。这种想法很可怕，但它的确真实存在着。

我想，我应该被称为第三者。

≈ 2 ≈

不管什么先来后到礼义廉耻八卦闲谈，我只是，在这份爱情里晚来一步。

4月1日，星期五，多云。

没有人知道我的心里经历了一场战斗，然后魔鬼小人儿打倒了天使小人儿。

我决定去争取魏子然的喜欢。

我故意坐最后一排，故意穿颜色鲜艳的衣服，戴精心挑选的配饰，为的是让魏子然能多看我一眼，然后记住我的样子。

我从同班男生的口中得知，魏子然喜欢玩滑板，每周五晚上都在校园里滑上一两个小时，而此时此刻云清正在宿舍里津津有味地看综艺节目，不会干预他。我想这是个大好时机，可以去正式地让魏子然认识我。

我挑了一件紫色 T 恤，下面是一条白色流苏牛仔裤，将头发扎成利落的马尾，再戴一顶黑色鸭舌帽。想了想，将新买的耳环和 chocker 也戴了上去。

云清喜欢可爱，所以我偏偏要酷，要让魏子然发现自己究竟喜欢哪一种女生。

临出门前，我对着镜子里的自己深吸一口气。

妆容得体，服饰整洁，并且提前喷了香水和口腔喷雾，可以说是无懈可击。

我又练习了一遍微笑，然后走出宿舍。

果真，我在学校的小广场上看到了魏子然和几个玩滑板的男生。魏子然这次穿的是蓝色衣服，即使天色很暗，依然能看出他的脸庞轮廓俊朗，英气逼人。

我假装偶然路过，向魏子然询问打印店的地点，本以为他会给我指明方向或者干脆带我去，没想到他挠挠头，说：我也不知道。

好吧，我说：你们是一个社团的吗？

魏子然旁边的一个男生凑上来，说：不是，只是同好一块约着玩而已。

我有个高中同学也很喜欢滑板，你们介不介意带上女生啊？我说。

男生说：可以啊，让她直接过来就行。

说得够多了，我想，再不结束聊天的话，就太不自然了。

拜拜。我说：我要去打印室了，有机会的话介绍我同学来玩。

我走进夜色中，一面捂住怦怦跳动的心，一面鼓励着自己，终于和他说上话了。

这场偶遇看似简单，实则被我精心计划过，绝对不会让他怀疑。

我没有直接表现出对魏子然有兴趣，而是借了高中同学的名义，如果他再问的话，到时候直接说那个同学不想来就好了，反正这个人除我之外谁都不认识。

回到宿舍后，我申请添加了魏子然的微信。

其实他的微信号我早就知道，只是怕直接加他太过刻意，起码要等到他对我有印象了才行。

五秒钟后，魏子然成为了我的好友。

按捺不住兴奋的心情，我躺在床上，耳机里放着一首不知在唱什么的英文歌。

这时，两个小人儿出现在我的床位上空。

天使小人儿软绵绵地说：你是在破坏别人的感情呀，这样不好的，如果真的喜欢他，就默默祝他幸福吧，别将他陷入难以抉择的境地中。

魔鬼小人儿一脚将它踹倒，对我说：废话那么多！你是真心喜欢他的对吧，那就去追啊，谁追到算谁的。那个谁不就是比你早认识了魏子然吗？要是你们同时见面，没准和他在一起的就不是她了。

我仍旧迟疑着。天使小人儿慢悠悠地想要从地上爬起来，结果又被魔鬼小人儿踩到脚下：机会是自己的，不去争取的话，活该看着你喜欢的男生对别人好！

听到这，我下定了决心，要用自己的努力让魏子然来到自己身边。

我应该不是世界上唯一一个，喜欢上别人男朋友的人吧。

不管什么先来后到礼义廉耻八卦闲谈，我只是，在这份爱情里晚来一步。

~ 3 ~

如果早遇到你一点就好了，这样就不会只能顶着朋友的身份默默喜欢你。

4 月 19 日，星期二，小雨。

魏子然的朋友圈很多，我用了一个小时才看完，当然，是边看边截图。

有潮牌的预约信息，有游戏战绩截图，有自己的照片，还有和云清的点点滴滴。魏子然对云清真的是很宠溺了，经常在重要的节日打长长的一串话给她，还要正好在零点发出。

看着看着，魏子然在我心中的形象越来越清晰起来。

他细心，幽默，爱好广泛，虽然谈着恋爱但成绩还不错，去年还拿了学校的二等奖学金。将这些信息拼凑起来，我对于魏子然的好感便更加浓厚。

和魏子然聊什么呢？我想，他和云清现在感情这么好，肯定不能直接说我喜欢他。可我又忍不了看见他的头像在消息栏里却不能点开，只好发高等数学题问他能不能帮忙。

数学系的魏子然自然轻松地解开了题，给我把解题步骤拍了照发过来，我说完"谢谢"后便没了下文。

没关系，总比不理我要好。我心想。

我将魏子然设为星标，时不时地给他的朋友圈点赞，期待着他能注意到我。

刚开始，那些赞都石沉大海。可是有一天，我发完动态之后，却意外地收到了魏子然的点赞。

那天正好是深夜，我开心地捂在被子里叫了出来。

虽然他对我的互动远不及我对他的多，但起码应该和我有个眼熟。我原先有删朋友圈的习惯，但自从加了魏子然之后，他点赞过的朋友圈便全都不删了。不知道他会不会知道，自己在一个女孩心里已经变得十分重要了呢。

我发现魏子然经常很晚才睡觉，但听人说云清睡的很早，我猜他一定是先哄云清睡完然后再忙自己的事情吧。

于是我也熬起夜来，在晚上发类似"数学题，求助"或者"求数科院交换考试资料"之类的朋友圈，魏子然看到了常常会给我留言或者直接私聊。

我们就这样在熄灯后的夜晚仍旧讨论着数学或是公选课。说实话我很讨厌学习，但能和魏子然聊天的话，学习就学习吧。

那一阵，我在朋友的眼中像一个傻子，经常深夜不睡觉，捧着手机笑，还有翻腾我并不感兴趣的高等数学。

大概因为夜里不睡觉的人很少，偶尔魏子然也会主动来找我，问些校园琐事或者生活问题。

有一次，他给我发来好几张口红的图片，问我喜欢哪一个。

我有些惊喜，难道他想要送我礼物？我不好意思地回复他：都可以呀，你随便挑吧。

魏子然说：不行，一周后要送给云清的，但我实在看不出区别。

我刚刚飘飘然的心一下子被扎穿。

如果早遇到你一点就好了。我想，这样就不会只能顶着朋友的身份默默喜欢你。

听说云清发现了我们的聊天记录，大发脾气。

魏子然辩解说我们只是正常聊天，云清不信，虽然聊天内容的确都很正常甚至无聊，但作为女生还是更能感受到这种危机感。

魏子然向我抱怨这件事，说云清误会了我们，让我不要生气。

我说：没事，如果我影响到你们感情的话，你就把我删了吧。

正好因为口红事件，我热情了好多天的心也突然凉了下来，对我和他不再抱太大期望了。

魏子然没有删掉我，在他看来，不可理喻的是云清而不是我，他只是和云清之外的女生正常地聊聊天而已。这所学校本来就接触不到多少女生，云清还想让他断绝和一切异性的关系。

我本来已经做好了被魏子然删掉的准备，现在却犹豫了。

我想，这段感情的决定权终究还是在他手上吧，而我能走多远就走多远吧。我发了一条仅他可见的朋友圈，写道：有些人，不是恋人，却比恋人还重要。

十分钟后，魏子然给我点了赞。

° 4 °

真的在乎才会如此矫情吧，就像被偏爱的都有恃无恐。

5月7日，星期六，暴雨。

虽然说，感情是两个人的事，但当两个女生喜欢上一个男生时，男生的意见就会变得格外重要。

只要魏子然还有一点点喜欢我，我就不会放弃。

自从云清上次一闹后，魏子然再也不给她看手机了。我能感觉到他们之间有了微妙的间隙，但我什么都没说，只是陪在魏子然身边。

我和魏子然的话题从讨论数学题变成了各种大事小事，魏子然在感情中遇到了问题依然来问我，向我抱怨女生的麻烦和矫情。

他说，云清越来越神经质了，完全不像他们刚认识时那样明媚可爱。她会追问魏子然的行程，让同班女生不准私自和魏子然说话，还会为了魏子然的一两句话计较个不停，非要刨根问底，没事也要问出事来。

我一面听着，一面悲哀地想：其实，真的在乎才会如此矫情吧，就像被偏爱的都有恃无恐，像我这样没有身份的人，才不敢和他做作和矫情起来。

但这些话是绝对不能跟魏子然说的，我将女生的秘密咽进肚子里，只是静静地听着魏子然的倾诉，不时给他提些不痛不痒的建议。

有句话说，陪伴是最长情的告白，我想，那就用我的陪伴让魏子然得知我的心意好了。

我买了滑板，以求魏子然教我为借口，和他每个周五在小广场见面。

因为常常在微信上聊天，魏子然和我也比较熟络了，所以果断地答应了我，还给我介绍护具的牌子。

当然，和魏子然玩滑板不仅仅是玩滑板。

我可以近距离地看到魏子然的身影，看见他微微沁出汗的额头和低垂的睫毛。他的动作是那么流畅，指导起我来也那么细心，以至于我有时会产生他已经成为我男朋友的错觉。

我贪恋着魏子然对我的信赖，同时在他向我询问感情问题时，有意无意地指责云清。确实，她太喜欢魏子然也太相信自己了，以至于忘记了魏子然对感情也会有所猜忌。

我不在旋涡中心，但我制造旋涡。

魏子然和云清在宿舍楼下缠绵的时间明显减少，舍友说谢天谢地，不知道他们怎么突然想通了的。

我没说话，拿起水杯想喝水，却在杯子碰到嘴唇的瞬间被烫了一哆嗦。

——这杯热水是魏子然帮我接的。

云清积攒的情绪终于爆发，她让魏子然在我们两个之间做出抉择。

魏子然以为她又在矫情，叫她不要再闹。云清大喊道：我说的是真的,你要是不和她断绝来往,我就跟你分手,让你去追求你的自由!

云清说完,看魏子然还没有反应,扭头要走。魏子然一把拉住她,说:云清,我们不要分手好吗?

云清回过头来,委屈地说:你要保证。

魏子然低声下气地给云清道歉,保证不会再与我联系,求她原谅自己。

看见他如此卑微的样子,我忍不住为他心疼。

可是没办法,毕竟他和云清已经有了一年的感情,让他一时间放下也不太可能。

云清在校园论坛里发帖称我破坏他们的感情,几乎是用了所有她能想到的词汇来骂我。朋友小心翼翼地问我:你真的做了那样的事吗?

我没回应。

但我知道,无论谁对谁错,云清已经占了下风。她无法用自己留住魏子然,所以才将怒火全都转移到我身上。

≈ 5 ≈

用自尊和忍让换来的和平终究没那么牢固。

5月20日,星期五,多云转晴。

正好,离开了魏子然,我终于有时间去做自己的事了。

我并不喜欢晚睡,对滑板也没兴趣,如果不是魏子然,恐怕我一辈子也不会碰滑板一下。

我卸下了平日的浓妆，素面朝天地去上课。因为云清喜欢化可爱系的妆容，所以我才化欧美系，现在见不到魏子然了，我也懒得早起一个小时来琢磨眼妆和口红。

不过，魏子然用自尊和忍让换来的和平终究没那么牢固。

经过这件事后，云清变得格外提防，看魏子然身边的任何女生都带着怀疑的眼神。

她关联了魏子然的聊天账号，禁止魏子然再去玩滑板，周末也只能和自己在一起。但即使魏子然顺从地满足了云清所有的要求，她仍然提心吊胆，草木皆兵。

某天，魏子然还是和云清大吵了一架。

两个人翻出对方鸡毛蒜皮的小事，大肆渲染。因为恋爱的时间也有一年之久，他们都掌握了许多对方的错误和把柄，正好在这一刻全都放到明面上，作为赢过对方的砝码。

云清一气之下删光了魏子然的所有联系方式，连微博都取消了关注。我知道她并没有和魏子然完全断绝关系的决心，因为她没有把他拉进黑名单。

魏子然来找我，一脸痛苦地问我该怎么办。

如果他去道歉，去苦求，去主动加回云清的话，没准他们还能和好。但我说：你好好调整一下自己的心情吧，云清是决心要跟你分手了。

魏子然说，想去一个人转转。

我担心他神志不清，没法安全回来，于是说：我陪你一起去吧。

魏子然默许了，我和他来到离学校很远的一家酒吧里，有一位歌手抱着电吉他，唱着一首听不清词却旋律动人的歌。

魏子然喝着酒，向我吐诉着恋爱的辛酸与苦闷，他说不知道为什么一个善解人意的可爱女孩变成了事事计较的怨妇，他本来很喜欢云清，但现在也犹豫了。

我耐心地听他说完，没有回话，只是陪他一起喝酒。

魏子然突然看向我，声音低沉地说：对不起，让你听了这么多牢骚。你先走吧，否则一会儿我喝醉了，怕会对你做出什么。

没关系。我说：我喜欢你。

在镁光灯四射的酒吧里，魏子然一把抱住我，紧紧地亲上我的嘴唇。

他的舌头轻轻撬开我的嘴，带着酒精气息，柔软而湿润。

我也用手臂环住来配合着他，背景音乐大声地环绕在四周，好像世界上只剩下了我们两个人一样。

结束后，我贴近他的耳边，轻声说：忘了云清吧，好吗？

他说：好。

好巧不巧，第二天和魏子然回到学校时，我们迎面撞上了云清。

虽然魏子然现在在我身边，但我仍然不敢面对云清，我低下头，拉着魏子然想绕过她。

云清看上去有些疲惫，眼睛也有点红，语气却故作潇洒地对我们说：没关系，我祝你们幸福。

我不知道她说的是真话还是假话，只是想快点逃离这个尴尬的局面。

与我擦肩而过时，云清偷偷塞了一张纸条给我。动作无比迅速，以至于在我身旁的魏子然都没有发现。

想必仍然是骂我的话吧。我没有打开她的纸条，但也不敢丢掉，回宿舍后将它压到了抽屉最底层。

<h2 style="text-align:center">~ 6 ~</h2>

我本来就是这份爱情竞争里的后来者，只有通过更努力的奔跑，才能来到和他齐步并肩的地方。

6月3日，星期二，雾。

我和魏子然终于在一起了。

他的朋友们都说，魏子然这一次是真的喜欢我，他对待我和云清完全不同。

以前他打游戏时，云清总是吵他，给他打电话，让他陪自己聊天。而和我在一起后，魏子然都是先和我通过电话，确认我可以一个人待着才会打开电脑。

以前他忘记给云清买情人节的礼物，被云清哭着吵闹，一口一个分手。而现在他什么节日都记得，他的手机上存着我们的第一次牵手纪念日、接吻纪念日还有约会纪念日，每一天都能给我带来不同的惊喜。

以前魏子然脾气不算好，鸡毛蒜皮的小事，不争个谁对谁错就不肯罢休。而现在只要我有五分钟不理他，他就连声认错，甚至跑到宿舍楼下给我道歉。

在旁人带着羡慕语气的叙述下，我一面客气地回应着，一面在心中暗喜。

魏子然不喜欢云清了，魏子然喜欢我。

我们一起去学校的情人林拉着手谈天谈地，一起上课吃饭回宿舍，一起逛两三个小时的街，买可爱的情侣装，在天桥上锁下写有我们名字的锁。

就好像从来没有云清这个人一样，她从我们的生活中无声地消失了。

这样也好，省得我莫名的道德感会跳出来指责自己。

和魏子然走在校园里时，总会收到来自四面八方的注目，但看到魏子然的同班同学时，我的目光总会不自觉地躲闪。

我觉得他们的眼中充满鄙夷和不屑，还有对云清的同情。

舍友在宿舍变得很安静，从不聊关于我和魏子然的话题，也没有抱怨我们经常在宿舍楼下停留。但整个楼的人都知道，我是魏子然和云清的第三者，我抢走了云清的男朋友。

我努力让自己不去在乎这些风言风语，我告诉自己，魏子然确实是喜欢我的，我和自己喜欢的人在一起并没有错。

有一次我又和魏子然去玩滑板，旁边的几个男生看见我，偷笑着和魏子然打趣，说：魏哥真厉害，身边桃花不断啊。

我有些局促，不知道该说些什么。魏子然的表情突然变得严肃，瞪了那几个男生一眼，说：你们不要乱说话，我喜欢的只有她一个人，再有一次别怪我不客气。

魏子然将我夹在他的胳膊下，使我感受到一种可以触摸得到的安全感，我将头靠在他的胸膛上，暗想：他一定是爱我的。

被说第三者也没关系，被用异样的眼光打量也没关系，我只要魏子然的喜欢就好。

况且，我本来就是这份爱情竞争里的后来者，只有通过更努力的奔跑，才能来到和他齐步并肩的地方。

我让魏子然把关于云清的所有照片，聊天记录和礼物都清除，让他扔掉了云清写给他的数十封信和为他织的围巾。我想这样，云清也会渐渐地从他的记忆中淡出。

- 7 -
以何种方式得到的，必将以何种方式失去。

6月21日，星期六，小雨。

那天我和魏子然逛完街，在一间咖啡厅里休息。这里座位很舒适，放着舒缓轻柔的音乐，不知不觉地，魏子然竟靠在椅子上打起盹来。

我的心里被幸福感充满，坐在旁边默默看着他。如此俊朗优秀的男孩子，居然躺在我的身边睡觉，这是之前的我想都不敢想的场景。

叮叮叮咚。

魏子然的手机突然响起消息提示音，我好奇地点开看了一眼。没想到，就是这一看，将我的心击入深渊。

那是一个我不认识的女孩，她和魏子然有一搭没一搭地聊着天，往上翻，他们的聊天已经不是一天两天。虽然话题都很普通，但我却感受到强烈的危机感。

我太知道，女生暗恋一个男生的时候，是如何接近的了。

她们像换上环境保护色的蛇，潜伏在身边伺机而动，一旦咬中，便是难以逆转的毒。

我的寒毛都竖了起来，却悄悄地，将手机放回原位。

我的理智告诉自己：我不能在这个时候指责魏子然，否则我和云清有什么两样呢，他一定会嫌我矫情的。

当天晚上，我做了个梦。

梦里，魏子然和一个陌生的女孩子开心地聊着天，他教她玩滑板，陪她玩游戏，和她一起走在昏暗的校园小路。

我躲在一棵树后面，悄悄地注视着这一切，有一只难以名状的小虫疯狂地撕咬我的心，它不断扇动着翅膀，使我的耳边充斥着嫉妒的噪音。

我忍不住从树后走出来，站到他们面前。

我说：魏子然，你到底喜不喜欢我？

他说喜欢啊，我最喜欢你了。

我指着他身旁的女孩：那你不准再和她来往，否则我们就分手！

魏子然不断地给我道歉，说他们只是普通朋友，求我原谅他。

我迟疑地点了头。

两周之后，我和魏子然还是大吵一架。他丢下我一个人去夜店喝酒，我在宿舍门口等了他一夜，第二天见到的，却是挽着那个陌生女孩子的魏子然，他的脸庞也是无比陌生。

我想大叫，可发不出声音，只能眼睁睁地看着魏子然和女孩从我的身边经过。

一阵嘈杂响亮的声音从远方传来。

手机铃声急促地响起，将我从睡梦中惊醒，我接起电话，魏子然的声音传来：

你昨天是不是睡晚了啊，我给你打了好多个电话都没接。

我迷迷糊糊地说：我做了个噩梦……

魏子然打断了我的话，兴奋地说：我给你买了个礼物，你肯定喜欢，你快看看你的桌子上，我让你同学送过去的。

我抬头看去，我的书桌上，赫然摆着一瓶昂贵精致的化妆水。

我的脑袋嗡了一下，我知道我应该高兴才对，但我耳边不断传来杂乱而尖锐的声音：

他是怎么想到买它的呢……

以前他从没送过我化妆品……

这个牌子，只有女生才会知道吧……

不行，和他生气的话，他会讨厌我的……

我合上手机，想将他给我的礼物塞到抽屉最下面。

就在这时，我看见了一张被揉成一团的纸条，是魏子然分手后，云清给我的。当初我没敢打开，没想到后来便渐渐忘了这事。

现在的我，和当时的云清恐怕有些相似，一种同病相怜的感觉促使我将它从抽屉中拿出。

我展开云清给我的纸条，心扑通扑通直跳。

上面只写了一句话：

以何种方式得到的，必将以何种方式失去。

百分百的纯友谊

我对冯驰，恐怕没有喜欢的因素在，冯驰对我也是一样。

我们是两个被所爱之人遗弃的对象，

唯有从对方的身上才能找到一丝温暖。

没办法啊，被发现说谎也总比孤独一人要好。

除了我们两个之外，

没人知道，我们是百分百的纯友谊。

= 1 =

世界上怎么会有这么可爱的女孩子，从头发梳起的方式到
说话的声音，都是他喜欢的类型。

我和冯驰躺在草坪上，睁开眼，满天零零散散的星光，闭上眼，
身边传来一阵阵脚步声，近了又远。

这是晚自习时分的操场，每个人都在想着自己的事情。

发现它只是一个偶然，那天我跟冯驰去录入成绩，回去时晚自习
已经开始了。冯驰说，不如到外边转转，于是我们就来到了操场。

本以为到了晚上，操场上应该一个人也没有，但没想到，夜晚的
操场仍游荡着三三两两不愿回去的孤魂。

有人在跑步，有人坐在看台上聊天，虽然不知道他们为何来到这
里，但我也没兴趣去了解。这个时间还不去教室的人，肯定都各有心
事，就像我和冯驰。

我们四处打量了一番后，决定躺到操场中央的塑料草坪上。虽然
还是初春，但天气早已不似冬天时那样寒冷，抬头还能看见一点点星
光。

我说："喂，你有没有喜欢的人？"

冯驰双手抱头，看了我一眼，说："干吗要告诉你。"

我说："不然我会怀疑你喜欢我啊。"

冯驰尽力憋笑，结果还是失败，对着天空很夸张地"哈哈哈"了
一阵后，说："程肖瑶，我当然不可能喜欢上你，我们可是百分百的

纯友谊！”

在他的笑声中，我也不由自主地嘴角上扬。

似乎是这样的，我和冯驰除了性别不同之外，各方面都很合拍。一样的喜欢创新，不满足于平平淡淡的生活；一样喜欢看动漫，玩游戏，聊起各自的爱好能聊三天三夜；一样的同性朋友很少，常常会独来独往，落单的时刻多了，两个人也就顺其自然地熟悉起来。

我看着冯驰的眼睛，摆出一副严肃的姿态，说："既然是好朋友，就更应该互相坦白，或许我还可以帮你啊。"

冯驰思考了一番，认为我说得有理："那我告诉你吧，要替我保密。"

原来班里的传言是真的，冯驰喜欢小樱。

他说，遇见小樱那天他突然就明白了什么叫一见钟情。世界上怎么会有这么可爱的女孩子，从头发梳起的方式到说话的声音，都是他喜欢的类型。

光是听他的描述，我鸡皮疙瘩就掉了一地，连忙制止住他的废话，让他讲关键的。

"你们进展怎么样？"我问。

"哪有什么进展，我和她都没说过话。"

"那……我帮你追她吧！"

- 2 -

"你喜欢他哪一点啊？"

"不知道，但我是真的很喜欢他。"

我的朋友很少，所以能认识冯驰，其实是很开心的一件事。

高中开学第一天，我拖着大包小包的行李赶到校园，却被布局搞得晕头转向。我又是那种不愿意向别人问路的性格，只好自己绕来绕去，第三次经过教学楼门口时，一个男生拦住了我。

"你是不是迷路了，宿舍楼在那边。"他向远处指道，我似懂非懂地点点头，朝他说的方向望去。

也许是看出了我的迷茫，他说："算了算了，我带你去吧。"

抵达宿舍后，还没来得及问他的名字，我就匆匆钻进了楼里。直到进班报道时才发现，男生和我在一个班，叫冯驰。

冯驰在班里的人缘并不好，无论是男生还是女生，都觉得和他有点距离感。虽然他平常表现得乐于助人，却从不与别人深交，没一个关系特别好的朋友。

在食堂常常能碰见他一个人吃饭，念及开学第一天带路的人情，我有时候跟他打个招呼，然后端着餐盘坐到另一个角落。这样一来二去，我和冯驰也就熟络起来。

我们有时候在走廊里聊天，有时候一起吃饭，还有时候买了漫画书互相借着看。我本来是个闷罐子，但在冯驰面前常常变成话痨，或许是因为平日里积攒的话太多又找不到倾听的人，所以我们聊天的时间格外得多。

班里谁和谁好像在一起啦。

老班的脾气太臭啦。

食堂的饭菜又涨价啦。

还有我喜欢上了一个人啦。

是的，我喜欢上了同班的一个男生，无奈和他交集甚少。满腔少女心事无处宣泄，只好说给冯驰听一听。

"你喜欢他哪一点啊？"冯驰问。

我说，不知道，但我是真的很喜欢他。

冯驰确实是一个合格的倾听者，每次都很耐心地听我说完，然后适当地提一些建议。比如让我表现得主动一点，去吸引那个男孩子的注意。

可我依然没有和那个男生的关系接近半分。也许是看不下去我的废物表现，冯驰说，"有空了我在男生里帮你问一下他的情况吧。"

说完这句话的冯驰在我眼里又高大了不少，我连忙点头说好。

三天后，冯驰向我回报，我喜欢的那个男生人缘挺好，大家对他都是一致好评，不过从没谈过恋爱，也没打听出他有喜欢的人。冯驰还说，男生明天晚上会去图书馆借某本书，我可以去那里和他"偶遇"。

我的脑海里顿时出现无数个感叹号。

按照冯驰的指示，第二天我来到了图书馆，在男生到来之前拿下了书架上唯一的那本书，然后故意在原地等他。

他一进来就在书架上寻觅，果真没有找到要借的书，但在书架旁发现了同班同学的我，于是问道："程肖瑶你也来这啊。"

"嗯，正好来借书。"我说。

他看了一眼我手上的书，当然，正是他要找的那本，他说："我也想借这本书来着，上次就被人抢先借走了，你看完了之后能直接借我吗？"

"好。"我故作平静地说出这个字，实际上心里已经激动得要疯掉。

多亏了冯驰，借着看书的旗号，我和那个男生互加了好友，还在周末东拉西扯地聊了十分钟。

所以那天晚上我才会问冯驰有没有喜欢的人。一来是自己好奇，二来是也想为他做点什么，以免我们的革命友情里只有他一直在付出。

- 3 -

再也没人能陪我一起度过这么多孤单的时光。

虽然说要帮冯驰追小樱，但我毫无计划。

我悄悄观察着坐在班级第二排的小樱，她总是安安静静的，课间也只是坐在自己的座位上写写画画，看上去应该也没有特别好的那种朋友。我想，这样的话，应该很容易接近吧。

我不擅长和人打交道，尤其是去认识新朋友，开学已经一个月，还和班里大多数人都没说过话。可是想到冯驰为了我都能去打探别人的行踪，作为朋友的我，也要尽可能地帮到他才是。

我发现小樱常常带早饭来班里吃，于是干脆自己也买了饭带过来，和小樱坐到一起。

"嗨，"我说，"昨天语文作业是什么来着？"

小樱有点害羞，把本子翻到某一页然后指给我看。

我和小樱其实有点像，习惯于被动地去认识别人，可一旦和某个人待的时间久了，就会自然而然地对他产生信赖。

于是慢慢地，我和小樱在早餐时间的话题从作业学习到明星八卦，再到个人爱好和女生的小心思。

对小樱来说，我可能是第一个这么主动去接近她的女孩子。她给我讲她喜欢的游戏，讲自己的家庭成员，还真诚而详细地叙述了她的感情经历。

可我是这世界上最差劲的闺蜜，一面和小樱亲亲热热地聊着天，一面将她告诉我的大小事宜都记在小本本上。

我把本子拿给冯驰看，他的目光停在上面就没下来过，称赞道："程肖瑶，没想到你这么厉害。"

我得意地笑笑："互相帮助啦。"

那一阵我们就像两个埋伏在敌军内的特工，窃听着每一句可能有用的消息，然后每隔一阵就凑到一起交换情报。从对方口中，我们几乎得知了各自喜欢的人的一切。

我也了解到，小樱和冯驰的共同爱好并不比我和他的少，而且她没说过讨厌冯驰。所以，没准冯驰和她真的能成功。

我撺掇冯驰去和小樱表白。

我对小樱说，明天中午放学后到天台，我有事找她。

小樱点点头，没有一点怀疑。

放学后的第一时间，冯驰带着准备好的巧克力，第一次穿得整整齐齐，把校服的扣子全都扣了上去，在我的指领下来到天台。

小樱在一分钟后赶到，看见我和冯驰两个人站在天台上，疑惑地睁大眼睛。

我说："小樱，冯驰有话跟你讲。"说完觉得有点简单，又补充道，"他是我朋友，人很好的，希望你能了解一下。"

然后我退出了天台，将表现机会留给冯驰。

不知怎么，此时我竟有些希望小樱拒绝冯驰，因为如果冯驰表白成功的话，我就会失去这么一个能推心置腹的好朋友，再也没人能陪我一起度过这么多孤单的时光。

"不对。"我被自己的想法吓到，连忙摇摇头，对自己说："作为朋友，应该为对方的幸福而高兴才对。所以，还是让冯驰表白成功吧。"

十分钟后，冯驰来到和我约定的楼梯拐角。

"怎么样？"我焦急地问道。

冯驰双手比了一个叉：表白被拒。

我不知是该高兴还是伤心，看他的表情好像什么事都没发生一样，冲着我挤出一个笑。

冯驰说："没关系，我还是会帮你的。"

= 4 =

"男女之间到底有没有百分之百的纯友谊？"这是一个宇宙上下几亿年都无人解答的问题。

"男女之间到底有没有百分之百的纯友谊？"这是一个宇宙上下几亿年都无人解答的问题。

"一般情况下没有。"冯驰说，"除非……他们两个长得都很丑！"

说到这，冯驰不怀好意地看向我，我反手就是一巴掌打到他身上。

"真的，像你这么丑的话，跟谁都是纯友谊。"冯驰不肯罢休。

　　我一面笑着，一面悲哀地想，我和那个男生，大概很难有未来吧。

　　他或许也只是把普通的我当做朋友，从没想过更进一步。虽然我知道了他的电话、他的爱好、他的梦想，甚至他喜欢去哪个餐口吃饭，但我和他之间的距离依旧遥不可及。

　　有时候他的目光会撞上我的目光，有时候他会主动和我说上两句话，有时候他也会在空间里给我点赞。冯驰说这是有好感的征兆，不知道是不是真的。

　　为了这个暗恋阵线联盟，我和冯驰的聊天越来越频繁。我会因为那个男生的一两句话而胡乱猜想上整节课，然后反反复复地问冯驰，他的话是什么意思，他是不是喜欢我。

　　最开始，冯驰听我说完还会安慰道"他有可能喜欢你诶。"可随着这样的时刻越来越多，而我和那个男生依旧没任何进展时，冯驰的语气渐渐变得迟疑，从"我觉得他对你可能有好感"变成"如果你们还是这样就放弃吧"。

　　我不想接受这个现实，和冯驰大吵一架，说，"你是不是因为自己追不到喜欢的人就想劝我放弃，就不能假装鼓励一下，让我继续喜欢他吗？"

　　说着说着，我的眼泪不知不觉地流了下来。冯驰哑口无言，两只手翻腾着书包，想找包卫生纸给我，但最终还是失败，只好呆呆地看着情绪失控的我。

　　"如果他不喜欢我。"我语无伦次地说，"小樱也一样，不会喜欢上你的。"

　　我也忘了自己后来又说了什么，总之没有什么好听的话。我将压抑了许久的情感一并发泄到冯驰身上，即使心里清楚，他也是在爱情中被忽视的那一个。

说罢，我飞速跑去洗手间，一面用水洗着脸，一面看着镜子里的自己，突然有种陌生感：刚才的话是从我口中说出的吗？

回来时冯驰已经不在走廊。

那天的晚自习上，我许久不能平静，草稿本上写写画画了一大堆，却连一道最简单的数学题都做不出来。

课间冯驰来到我的座位前，敲了下我的桌子，然后一言不发地往外走。

我带着愧疚和疑惑紧跟着他，穿过人来人往的走廊，走下楼梯。

终于，我忍不住开了口："冯驰，对不起，我今天不该那么说的。"

他仍旧不说话。

"我知道你一直旁观着我的事，所以可能真的你看得比较清楚，我跟他不太可能了。"

只有脚步声回应着我。

"喂，你要是生气了就骂我两句啊！"我说。

冯驰没有停步，带着我一直走到操场。

风把树枝吹得哗哗直响，月亮被一片乌云罩着，像是大雨将至的天气。

他停下脚步，回头看着我，说："程肖瑶，不如我们在一起。"

我吓了一跳，隔了三秒，问他："什么意思？"

"你继续喜欢他，我也还是喜欢小樱，但我们至少可以摆脱点寂寞。"

ᐧ 5 ᐧ

人们怎么会承认世界上存在他们没有的东西呢?

冯驰的提议听上去很奇葩,但我答应了。

既然我们喜欢的人都不喜欢我们,与其两个人分别伤心,还不如凑在一起有个慰藉。

况且,平常就有人散播关于我和冯驰的绯闻,我也懒得跟他们解释我们是纯友谊,因为大多数人都不会相信。

人们怎么会承认世界上存在他们没有的东西呢?

班里很快便传言说我和冯驰谈恋爱了。

我们毫无顾忌地走在一起,一块吃饭,一块回宿舍,课间的时候冯驰会给我买各种零食,看上去和恋爱中的男女一模一样。

我没有承认也没有否认,享受着这种"恋爱"带来的优越感。

说实话,我们心中都隐隐期待着各自喜欢的那个人会因为这些绯闻而心中有所摇摆,忽然发现他其实也喜欢我们,或者至少不再避讳。

期中考试结束那天,我和冯驰逃了晚自习出去看电影。

冯驰说,这是假装情侣的必做事项。

虽然之前就和冯驰经常凑在一起,但迈出校门时,我还是觉得有些紧张。

冯驰挑了一部爱情喜剧片,全是我没听说过的演员,想必也不会很好看。但当时整个影院只有这一个场次可以选,于是我跟着冯驰拿学生证买了票。

进入放映厅时我吓了一跳，也许因为是工作日，这部电影又不是很火，偌大的电影院里，只有我们两个人。

我始终进入不到影片的节奏里，一直想着和冯驰的关系。我们应该只是比普通朋友再好上一点的朋友，但和一个朋友在晚上包场看爱情电影，未免太不同寻常了些。

可电影并不会因为我没有看它而暂停，在我胡思乱想的十几分钟里，冯驰已经笑了无数次。

我告诉自己好好看电影，否则钱就白花了，终于在结束之前搞明白了电影的情节。

男主和女主误会了许多次，在这期间发生了诸多搞笑的事情，但最后他们终于发现对方是爱自己的，于是苦尽甘来佳偶天成。

剧中男女主澄清误会时，我竟被感动了一刹那，十分十一分的想谈恋爱。

冯驰的手就在这时覆到了我的手上，我条件反射性地想挣脱，却被大脑叫停。这是第一次有人来握住我的手，虽然不是出于喜欢，但有总比没有强。

我感受到冯驰掌心的温度，好像有一颗心握在他的手里要跳出来一样，我想他也很寂寞。

回班之后，我们的绯闻传得风生水起。连我暗恋的那个男生都在QQ上主动私聊我，问：

"程肖瑶，听说你和冯驰在一起了？"

我的心中小鹿乱撞，他为什么会主动问我这个呢，莫非真的像我所想象的那样，因为吃到了醋所以才意识到自己对我的感情？

我回道：是。

"对方正在输入……"闪烁着，我的心也跟着扑通扑通。

他发来消息：对不起啊，之前我误以为你对我有意思，所以有点故意疏远你。

就像飘到天空的一只气球突然被扎破一样，我的心骤然下坠，好久之后，我才回复道：没关系。

他马上说：那就好，祝你们幸福。

我的心里翻江倒海，好像有无数话想涌出来，可最后还是默默地点了关闭，一个人缩到被子里，拿枕巾偷偷地抹眼泪。

原来他真的不喜欢我。

= 6 =

我们是两个被所爱之人遗弃的对象，唯有从对方的身上才能找到一丝温暖。

又是一个无聊的晚自习，我叫上冯驰去操场聊天。

开始只是漫无目的地这说一句那说一句，聊着聊着，我突然问道："你会喜欢我吗？"

冯驰一副"你开什么玩笑"的表情，明确地回复我："不会。"

我想起那天在电影院里握住我的手，心绪杂乱，却又不知从何说起。

冯驰看出了我的顾虑，一字一句地对我说：

"程肖瑶，虽然我们不会成为真正的情侣，但作为好朋友陪在对方身边还是可以的。你也很开心吧，能正正当当去享受有人关心的感觉。"

"但是，我们在做情侣做的事。"

"当然了，这样不比一个人要好吗？"冯驰说道。

似乎是这样的。

我从未被人喜欢过，自然也没谈过恋爱。冯驰带着我约会，看电影，买一模一样的小挂饰，每天放学送我到宿舍，看上去，和正常的恋爱没有两样。

我收到过许多或羡慕或嫉妒的眼神，女生们聊情感问题时也总会拉着我参与，调侃我跟冯驰多么多么般配。两个月之前我还是这些羡慕眼睛中的一员，幻想着和喜欢的男生手牵手走在校园，而如今我终于能被人羡慕，被别人祝永远幸福。

除了一个人。

自从冯驰表白失败后，我再也没来教室吃过早饭。

我告诉自己，这是因为我已经不用和小樱聊天来套信息了。但事实上，是我不敢面对小樱。我辜负了她对我的信任，将她告诉我的秘密全都毫无保留地转告给冯驰。

我感觉小樱看我的眼光也变得充满疑惑，好像总有话想问我。而我每次都轻巧地躲过这种目光，假装什么都没发生，继续和冯驰扮演情侣。

一次体育课，小樱偷偷拉我到一边，深吸一口气，仿佛下定了多大的决心，对我说："肖瑶，你最近没事吧？"

"怎么了？"我问。

"你喜欢冯驰吗？"

我不知道怎么回答，她接着问道："当时你还带他来找我表白，为什么现在又和他在一起……"

我有些窘迫，像是秘密被戳破了般，却又故作镇定地说道："你不喜欢他，我也可以喜欢啊。"

小樱看着我，一副还是不理解的神情。

我连忙说："真的，我也是后来发现我喜欢他的。"

"那就好。"她说。

我露出一副笑容，心里却有些苦涩。

我对冯驰，恐怕没有喜欢的因素在，冯驰对我也是一样。

我们是两个被所爱之人遗弃的对象，唯有从对方的身上才能找到一丝温暖。

没办法啊，被发现说谎也总比孤独一人要好。除了我们两个之外，没人知道，我们是百分百的纯友谊。

- 7 -

为什么，明明说好是纯友谊，却一步一步地，走上和友谊完全不同的路。

进入冬天，天气骤然变冷，学校的水管被冻住，时不时地停水，澡堂也好几天都没有开。

我跟冯驰抱怨最近频繁的停水，冯驰说没事，出去洗就行了。

"诶？学校附近有澡堂吗？"这句话还没问出口，冯驰就拉着我走出了教学楼。

我跟着他一直走到校门口，终于停下来，说："我还没拿洗漱用品……"

"不用去澡堂，"他说，"我们找个酒店，还能顺便休息一会。"

我愣住。

他说："大家都知道我们在谈恋爱，一块出去也没人会说的。"

"我们不是朋友吗？"

他想了想，说："帮朋友排解寂寞，也是职责之一。"

我站在原地，面前这个曾经最熟悉而现在越来越陌生的人，也正回过头来看着我，猜不透他的表情。

我到底做了什么啊。

和他从陌生人，到普通朋友，再到无话不谈，然后，变成现在无法收拾的样子。

"冯驰……我们绝交吧。"我说。

冯驰惊愕了一下，然后说道："开什么玩笑，大不了我们不假装情侣了好吧。"

我的脑海里回忆着和冯驰的点点滴滴，他带我找宿舍，帮我打听暗恋对象的消息，陪我聊天吃饭，和我在电影院里牵起手……事情发展到这一步，要怎么做得回朋友。

"我要回去了。"丢下这句话，我回头朝校园内跑去，不敢停下也不敢回头。

冯驰在我身后好像喊了一句什么，但耳边的风唰唰地吹过，听不清晰。回过头时，冯驰已经不在视野范围之内。

不知道能去哪里，我一个人来到夜晚的操场。

很冷，路边的草丛上结起了白霜，没有星星，月亮孤零零地挂在天空。

为什么，明明说好是纯友谊，却一步一步地，走上和友谊完全不同的路。

我想起那个一本正经帮我分析暗恋成功几率的冯驰，现在却成为了一个不喜欢我、又不断要求我和他保持亲密关系的"朋友"，到底是哪里出错了呢？

我躺在草坪上，睁开眼，是一轮孤单的月亮，闭上眼，一阵谈话声从跑道上传来。

我悄悄转过头去，一男一女在跑道的内圈散步，一边走，一边说着些什么。

起初只是模模糊糊的交谈声，让我竖着耳朵也听不真切。但随着两个人离我越来越近，声音也随之逐渐清晰。

女生略带忧愁的声音，男生大大咧咧拍着胸脯的声音。

——千万不要告诉别人喔。她说。

——当然了，我们可是百分百的纯友谊。

热 烈

WARM

如何避开生命中所有的雨

有没有一把伞为我打起呢?

雨天很容易让人产生孤独感，街上忙忙碌碌的人都有自己的方向，

而我却只能被困在小小的屋檐下等雨停。

没人为我撑起雨伞，

我也不期待那个人会来。

= 1 =

你为什么不喜欢雨啊?

我最讨厌下雨。

雨来之前,黏糊糊的触感,空气都变得浑浊而湿润,有时伴随着轰隆隆的雷声,气氛沉重且压抑。

乌云聚集到无法再接近,即使是中午,阳光也能被遮得一干二净。抬起头看到灰蒙蒙的天,所有不好的情绪便都能涌现出来。

然后,雨水开始啪嗒啪嗒地掉到地面上。

即使打着伞,还是会有一些防备不到的地方被雨打湿,一不小心踩到了低洼,一双新鞋就这样沦为了旧鞋。

我每天晚上必看天气预报,然后预备好雨伞,以免淋成落汤鸡。

可今天还是失算了,明明前一秒还是艳阳高照,下一秒鹌鹑蛋一样大的雨点就打了下来。

本以为只是来两公里外的校本部取个实验器材,费不了多长时间,结果偏偏被不知好歹的大雨给困了下来。

我四处张望,偏僻的实验室附近空无一人。

突然传来门把转动的声音,一个几乎全身都被淋湿的男生闯了进来。

"你干吗?"我大声叫道。

"同学。"他有点不好意思地说,"外面雨太大了,我正好路过这,躲一会再走。"

我上下打量了他一下，看上去有点眼熟，似乎是同院系的男生，不过还是不能掉以轻心。

"你叫什么名字？"我问道。

"我叫杨雨凡，怎么了？"

"那你在那边待着，不要走到我这边来。"我说。

"为什么？"

"因为我讨厌雨。"

"我又不是雨。"杨雨凡说。

"我不光不喜欢雨，我还不喜欢名字里带'雨'的人，不仅不喜欢，而且听到就会厌恶。"

杨雨凡笑道："那周冬雨、张雨生、雨果你都不喜欢？"

我点点头。

他笑得前仰后合，说："你真有意思。"

"没意思。"我说："不要跟我套近乎，我对你没兴趣。"

他尴尬地缩缩手，靠到墙上。

"反正暂时我们也出不去，你跟我说说，你为什么不喜欢雨啊？"

= 2 =

Crush，意思是短暂而热烈的爱恋。

Crush，意思是短暂而热烈的爱恋。

我曾经短暂而热烈地喜欢过一个叫林雨的男生。

那时我们还上高中，他和我同班，两个人由一次争夺奖学金而认识。

因为每班只有一个一等奖学金的名额，我成绩更好而他参加的活动更多，不知道最后奖金会花落谁家，于是我们就都互相打探对方的来路。

林雨问我平均分有多少，我则问他各类活动到底加了多少分，但打探归打探，评定还是不由我们做主。

奖学金名单公布那天，我欣喜地看到自己的名字出现在第一行，目光往后滑了好几个名字，才看到林雨。我心想原来他也不过如此，不足为敌。直到去办公室交作业时听见班主任和其他老师聊天说，林雨不知道怎么回事，本来可以得一等奖学金的，结果一个活动奖项也没填。

我问林雨为什么忽然退出了奖学金的争夺，他没回应，放学后，朝我扔来一个纸团。

展开那张纸，只有四个字：我喜欢你。

我和林雨顺理成章地在一起了，尽管在他人看来实在疯狂：班级第一和班级前五谈起了恋爱，每天放学后一块在教室自习到关门才走。

那时候我们约定要上同一所大学，我督促林雨好好做题，林雨则负责将坐在凳子上一天的我拽出去呼吸新鲜空气。

我本以为他会是我平淡生活里的一抹亮色，让我这个书呆子发现学习之外还有爱情的乐趣。结果在距高考不到一个月的时候，我们陷入了冷战。

本来只是普通的一次吵架，但正好赶在这个时候，两个人都不肯认输地说了分手。

我每天刻意地早来晚走，连楼梯也选择了绕远的那条，为的是不想与他碰到。他也很默契地没有出现在我的视野中，连眼神也未曾有过碰撞。

高考那一周，雨一直下个不停。

考场上，我忍不住去想林雨的样子，计算着他会得多少分数，要怎样才能和他考到一起。可就在这回忆和计算之间，眼前的题目竟变得如此陌生。曾经轻而易举就能答出的问题就好像被掰碎了般，拼不回原来的样子。

窗外的雨依旧拍打着门窗，几乎要把英语听力的声音都掩盖掉，我终究还是放弃了抵抗，任由自己随心所欲去写。

雨让人烦躁，而恋爱让人变蠢。几周后高考出分，我和林雨的名字之间隔了很远的距离。我甚至不敢相信，我名字背后的那个数字真的属于我。

高三毕业后的那个暑假有一半时间都浸泡在雨水中，我的校服洗了好久都没有干，本来约好毕业之后的班级聚会因为天气取消，而林雨也再没出现在我的世界。

我的第一次恋爱就这样惨淡收场，伴随着噼里啪啦的雨声和湿润的泥土气息，留在了那个雨水充沛的夏天。

高考失利后，我来到现在的大学，却和这片环境始终有种疏离感：我本不该在这里的，如果没有遇见林雨。

我暗中发誓，大学期间，绝对不会再喜欢任何人。

- 3 -

爱情就像一场暴雨，下过了，结束了，只留下一片狼藉。

"哈哈哈哈。"杨雨凡说，"所以你是因为一个字就讨厌了这个天气吗？"

我无语，仿佛刚刚说的话都是对牛弹琴。

讨厌雨，更多的还是因为雨天的坏记忆。对我来说爱情就像一场暴雨，下过了，结束了，只留下一片狼藉。

和林雨还在一起时，他兴致勃勃地给我讲自己正是因为出生那天下着小雨才有了"林雨"这个名字，所以别人一到雨天就犯困，而他却雨越下越精神。

我可不敢苟同他这种唯心主义的观点，尤其是后来他竟然鼓动我陪他去淋雨，还美其名曰"与大自然接触"。

我说："让我来告诉你雨里有什么，雨水里都是飘在空气中的尘埃，还有溶解于水中的二氧化硫和二氧化氮，这所城市空气污染这么严重，雨肯定脏得不止一点。"

林雨笑我一本正经。

高中时候的我很擅长背书，却对生活中的事记性很差，常常忘了衣服放在哪里或者借了谁的东西没有还。林雨说我是把记忆力全用在学习上了，生活上就像一个需要照顾的智力障碍病人。

我经常忘记带伞，每次都是林雨给我撑着他的伞，伞面朝我这边倾斜着，他的一只胳膊总是被雨水淋湿。直到有一次林雨也忘记了带伞，和我在教室里一边写题一边等雨停，却迟迟看不到雨有变小的趋势。

教室里只剩下我们两个人大眼瞪小眼，林雨说，"你披上我的外套，我们一块跑回去吧。"

我忽然被他认真的神情感动到，不知道哪里来的勇气，对他说："不用了，我想淋一次雨。"

刚刚走出教学楼，肩膀上就被雨滴打湿了一片，起初还有些不适应，直到衣服的大部分都沾染上了雨水，连眼镜都不得不摘下来时，我彻底抛下了所有顾虑，拉着他的手，在雨水交错的城市中奔跑着。

我大声喊"我爱林雨"，他喊"我也爱淋雨"，在他的陪伴下整个城市都变得透明而可爱，有那么一瞬间我竟希望这场雨不要停下，让我和他继续在雨里奔跑。

第二天，我们双双感冒。

窄小的实验室里，随着天色逐渐暗淡，灯光也变得昏暗起来。

"雨已经变小了，不如一块回去吧。"杨雨凡说。

"不要。"我说，"它还在下，我不想被淋湿。"

杨雨凡知道劝不动我，在门前冲我挥挥手，然后消失在雨幕中。

我看着窗外，雨还是那么大，可路上已经出现了零零散散的行人，他们手举色彩斑斓的雨伞，像灰蒙蒙天气里开出的灿烂的花。

有没有一把伞为我打起呢？

雨天很容易让人产生孤独感，街上忙忙碌碌的人都有自己的方向，而我却只能被困在小小的屋檐下等雨停。没人为我撑起雨伞，我也不期待那个人会来。

我打开房门，一阵夹着雨水的冷风吹过来，上衣马上湿了一角。我正打算关上门时，一片红色突然出现在我头顶。

"你怎么了……"我看着淋得满脸狼狈的杨雨凡举着一把红色雨伞站在门口，被打湿的头发贴在额头，雨水还在顺着下巴往下滴。

"废话，我去买伞了啊！"杨雨凡喘着气说，"总不能把你一个人丢在这吧，看在你给我讲了故事的份上。"

= 4 =

我已经没有精力再卷入竹篮打水般的感情之中了，我现在能做的只有强大自己。

回到宿舍后，我立马从杨雨凡的伞中钻出来。

"喂，你叫什么名字啊？"他在后面喊道。

秉承着多一事不如少一事的原则，我没理会他，三步并两步地迈上楼梯。雨似乎下了一夜，我在淅淅沥沥的声音中研究着实验的做法，心绪却不断纷飞，想起和林雨在一起时的点点滴滴。

第二天，那把红伞却不识时务地出现在宿舍楼下。

杨雨凡见到我也没说话，只是默默地跟在我身后，像只红色的影子。

因为是公选课，他一直跟着我走进教室，然后在我的座位后面坐下。

整节课我都上的很不自在，总觉得他在背后干着什么坏事，下课铃一响我便恶狠狠地回过头去瞪他，没想到看见的却是杨雨凡趴在桌子上呼呼大睡的场景。

我只好又扭过头来，强迫自己集中注意力整理刚才的笔记。

放学后，我刚收拾好书包准备离开，身后的杨雨凡也马上站了起来。

"你干吗一直跟着我？"我生气地问。

"没跟着你，我也上这个课啊。"杨雨凡狡辩道。

我拿起书包往外走，杨雨凡不紧不慢地跟了上来，如影随形，连去食堂都和我站在一个窗口。

"你到底想干吗？"坐在杨雨凡的对面，我尽量克制住自己的情绪。

"昨天你一上来就问我的名字，现在该告诉我你的了吧。"他说。

算我服了他了。我对他说完名字，他突然惊呼："原来咱们学院那个大学霸就是你啊！"

"什么学霸？"

杨雨凡说："年年拿国家奖学金、次次考第一不是你吗，听老师说你还要放弃保研冲刺名校……"

"是吧是吧。"我打断他的话，"你别再跟着我了行吗？"

杨雨凡答应着，将面前的兰州拉面吃完，顺便要走了我的微信，说考前要找我划重点。

后来几天我果然没再被杨雨凡像影子一样跟着，只是偶尔在校园里见到时，他会给我打个招呼，我一般都低着头快速走过，不作回应。

和奇奇怪怪的人离得越远越好，这是我自高中之后的人生准则。

我已经没有精力再卷入竹篮打水般的感情之中了，我现在能做的只有强大自己。

只是，有时候下起雨来，我会莫名地想起杨雨凡那把红色的伞。

那天他撑起这片红色的天空，带着我走在雨伞干爽的阴影下，雨水落到伞面上又弹起，像在演绎着一曲四重奏，伞柄自然地偏向我这边，和多年前一样。

被雨水冲刷过的世界带着一丝湿答答的朦胧，从伞沿下方向外望去，绿色植物被洗得干干净净，花瓣落了一地，几双踏着各式各样鞋子的脚从身边经过，面孔被雨伞遮住。

也许他人看来，我也只是一双没有面孔的运动鞋，和另一双男士运动鞋一起，走在红色的屏障下。没人知道此时此刻，我的脑海中交织着那些过去与现在关于下雨的回忆，心里忍不住想：

这个雨季真是冗长而烦闷。

ˉ 5 ˉ

我双手合十，将那片叶子夹在中间，郑重地祈祷："请让我避开生命中所有的雨。"

临近期末考试，我本想扎在自习室里好好复习，杨雨凡却频繁地给我发微信。

"学霸，这个题怎么做？"

"高等数学的重点你划了吗？"

"英语怎么这么难啊。"

……

开始我还会简单地回上几句，后来干脆不理他，把手机静音塞进书包里。

结果没过多久，杨雨凡便出现在我的自习室。他见到我之后诡诘地笑了一下，然后又若无其事地坐到我的后面。

我只觉得后背发痒，浑身不自在，忍不住掏出手机，给杨雨凡发道："拜托你换个位置好不好？"

杨雨凡："换你旁边行不行？"

我有点崩溃："那你就在那坐着吧。"

杨雨凡像是把我当成了锦鲤考神，每日供奉，以求期末考个高分。我心中忿忿地想：早知道这样，当初下雨就不应该把他放进来。

这几天没有下雨，也不像之前一样阳光高照，空气中是适宜的温度，我非常满意。

习惯了杨雨凡的"跟踪"后，他似乎就变得没那么烦人了，既不会多说话也不会让他人觉得我们俩有什么异常。

考前杨雨凡把我的笔记本要走复习，结果那门他以为必挂的课考了七十多，还本子时一脸感激地说请我吃饭。

"不用不用。"我说，"想报答我的话，以后少在我身边出现就行了。"

杨雨凡装作没听懂我的话，硬是要拉我去某新开的餐厅。扛不住他的盛情邀请，反正我也不吃亏，便答应了和他一起去。

结果还没走到一半，天上就又下起了小雨。

"跟你在一块怎么总下雨？"杨雨凡说，"又该买伞了。"

"你以为我想下啊。"我说。

说来奇怪，也许因为心情还不错，那天我竟觉得这场雨没那么烦人，街边的花坛被它洗得干干净净，贪玩的小孩子们竞相踩着水坑。

但我还是不想淋雨又懒得买伞，干脆和杨雨凡在一个路边小店吃了碗面。面馆很小，味道却不错，老板娘笑嘻嘻地给我们端上来漂着一层辣椒油的拉面，说："小两口来避雨啊？"

"没有！"我连忙否认，夹起拉面就往嘴里塞，被辣椒呛得直咳嗽。

这场雨来得快去得也快，从面馆走出来时天空已经放晴，回学校的路上刮着恰到好处的风，树梢上是一片流动的绿，时不时有毛色黑白的鸟在其中穿梭。

走在树荫下，一片树叶正好飘落下来，我伸出手接住了它。

小小的、完整的一片，绿色的纹路清晰可见。

"许个愿吧。"杨雨凡说，接住天上飘下来的叶子，是幸运的兆头。

是吗？我双手合十，将那片叶子夹在中间，郑重地祈祷：

"请让我避开生命中所有的雨。"

- 6 -

如果这世界上只有晴空万里，没有让人相遇的雨、冲突的

雨和分离的雨，那该减去多少不必发生的故事。

如果能避开所有的雨，就不会再陷入令人困扰的感情。如果这世界上只有晴空万里，没有让人相遇的雨、冲突的雨和分离的雨，那该减去多少不必发生的故事。

我不想承认的是，我好像有点喜欢上杨雨凡了。

其实在和他被困实验室前，我就常常会在校园里留意到他，我知道他和我在同一个学院，拿过校园歌手大赛亚军，偶尔会坐在自习室第一排戴着耳机做题。虽然不知道他的名字，但我记得他的样子。

我也不知道这算一种什么感情，暗恋吗，好像没那么强烈；说是

陌生人，又好像与他人有着明显的不同。所以在实验室那天会异常信任地给他讲自己的故事。

那时只是作为一个旁观者在一边观察他的生活，他对我来说也不过是一个长得稍微有点好看的男同学，和其他没有名字的男同学一样，平行于我的生活轨道。

然而那场雨让一切有了交汇。

从那天之后，我们两个似乎是成为了朋友：公选课结束后能一起去吃饭；我熬夜刷题之余，还能和打游戏的他聊上几句天。但杨雨凡想的和我不同。

身边的人都说，他是在追我。

有一天他忽然给我发消息，让我去签收一份快递，里面是一支口红。

我从没用过这么女性化的物品，问他为什么要给我。他说："看你天天学习，都忘了自己是个女孩子一样，所以买一根提醒你喽。"

我对着镜子小心翼翼地涂，镜中的那个女孩仿佛一瞬间由青涩走向了成熟。

后来杨雨凡接连不断地给我送过很多东西：化妆品、零食、书……理智告诉我不能这么下去，我和他的关系会说不清的，可感情却还在期待着更多。

朋友问我和他什么关系，我说"就普通朋友，没什么特别的"。

"是吗？我以为你们在一起了呢。"她说。

我矢口否认。我发过誓不会再陷入愚蠢的爱情。

七夕那天，杨雨凡在一家据说一座难求的餐厅订了位置，叫我下午五点半到。

整个晚上，我都躺在宿舍里，手机上是杨雨凡不停发来的消息，问我怎么还没到。我不敢去找他，在这样的日子里赴约就标志着，我们真的在谈恋爱了。

晚上十一点，担心男生宿舍关门，我跑到楼下，却正好和他相撞。

看到我，杨雨凡苦笑了一下："你到底喜欢我吗？"

"我不想谈恋爱，起码大学期间不会。"我说。

"那你和我吃饭，和我聊天，接受我的礼物，这些都是假的吗？难道你对我就没有一点感情？"

我无言以对，从他面前匆匆离开，留下一个看似决绝的背影。

- 7 -

情绪不同时，空气的气味也是不一样的，你的脑电波会影响周边的空气分子甚至尘埃，将他们朝熟悉的方向排列。

回到宿舍，空气中是熟悉的冷战味道。

情绪不同时，空气的气味也是不一样的，你的脑电波会影响周边的空气分子甚至尘埃，将他们朝熟悉的方向排列。开心时是甜味，郁闷时是苦味，而冷战时，空气是几近凝结的湿冷气味。

和林雨的冷战，拖沓且煎熬，就像把心拿到火上去煎，话外音还是"裹上面包糠，炸成金黄色，隔壁小孩都快馋哭了"。

上一场冷战过后，高中就匆忙地结束了。

我躺在床上，没有任何想做的事，也不想去回忆和杨雨凡的冲突，只想让时间快速流逝。

突然电话铃声响起。

拿起电话，是杨雨凡，他不紧不慢地说："明天我在护城河公园等你。"

"我不出去，明天有雨。"我说。

电话那边沉默了一会，说："如果你想逃避的话，那就算了。"

我放下电话，将头埋在被子里。

也许一直以来我都在逃避自己对杨雨凡的感情，虽然逃避可耻，但有用。

忐忑的一夜快速过去，电扇不知疲倦地转了一晚上，我却依旧热得要命，耳朵边好像总有一只蚊子在嗡嗡乱叫。

第二天一大早我便收拾上书包去图书馆，想了想干脆把手机扔在宿舍，以免被他的消息或电话改变主意。

我绝对不会再为感情的事耽误时间，以前我不懂，但现在很清楚。

试卷是个好东西，它由浅入深，渐渐地抓住你的注意力。只要按着出题人的意图走，总能将时间快速地消磨干净。

当我做完一整张试卷抬起头时，才发现窗外的阳光正在渐渐被乌云掩盖，是要下雨的征兆。

杨雨凡还在等吗？我忍不住想，转头又对自己说不准想他，我还有试卷要做。

第二张试卷做起来要比第一张拿手，我已经全神贯注于题目，不再想那些无关紧要的事情。等它做完时，天空已经变成黑压压的一片，一阵惊雷闪过，雨水便如约而至。

我所坐的位置离窗不远，能清楚地看到雨点一滴滴地从玻璃上滑落。

雨下的比想象中大，不一会，校园中的身影便寥寥无几。

拿着雨伞走进图书馆的女生对同伴说："看天气预报了吗，据说是六十年一遇的大雨诶。"

同伴点点头，跟在她身后走了出去。

雨打在窗外的树叶上，发出噼里啪啦的声响，我的情绪也跟着烦躁起来，就像高考那天下的大雨一样，雨点拨弄着我心里的琴弦。

要出去吗？我犹豫了。去找杨雨凡，告诉他我也喜欢他，然后再来一场意义寥寥、浪费时间的恋爱？

这时，窗外忽然出现了一把红色的雨伞，像是阴暗世界里唯一的一抹亮光。

或许这次不一样，我想，他是拥有那样鲜艳颜色的人，在一个雨天莽撞地闯进我的世界，给它带来许久未曾感知过的温暖和明亮。

一股没有源头的勇气忽然涌上胸口，我拿起雨伞，走出图书馆的屋檐。

- 8 -

你没办法避开生命中所有的雨，因为爱情不知不觉就来到了啊。

雨下得那么大。

地上积了齐膝盖那么深的雨水，城市的排水系统几近瘫痪，路上几乎看不见行人。

我身穿短裤，脚踩一双凉鞋，在这片"汪洋大海"中朝护城河的方向走去。

路边店铺的老板和老板娘们向我投来诧异的目光，他们估计想不通，为什么这种天气还有女孩子兴高采烈地出门。

虽然杨雨凡没有说几点见，但我相信他还在那里，就像之前很多次等我愿意接他一样。

想到这里，脚下的步子便越发轻快。

一阵微风吹过，此时此刻，仿佛生命中所有的雨都洒落在眼前。

和林雨跑过的雨天，在校园里大街上彼此追逐着玩闹，连鞋子湿了也不在乎。

高考前后接连不断的雨天，在阴沉沉的天空下写心事重重的日记，第一次为一个人付出如此多的心血。

杨雨凡为我打伞的雨天，红色的天空和雨点四重奏，微微倾斜的雨伞，它的另一个名字叫做偏爱。

小时候调皮跑出门淋雨的雨天，即使会发烧感冒，躺在床上喝药时仍会回想起那种不顾一切的自由的感觉。

……

也许爱情就像一场夏天的暴雨，来时迅猛，毫无预兆。有时也会因为这场不告而来的大雨生上一阵时间的病，但病好之后依然想要再淋一次。就是这么记吃不记打，渴望读懂每个雨天里藏起的秘密。

管它是无疾而终、惨淡收场还是终成眷属，不试一下，怎么会知道他不是正确的人呢？

你没办法避开生命中所有的雨。

因为爱情不知不觉就来到了啊。

告白计划联盟

以前我们认为，告白是爱情的开始。

后来才发现，告白只是自己感情的坦白，

至于能否成功，完全不由自己做主。

那为什么还要告白呢?

也许是为了让自己不留遗憾地恋爱或死心。

这段感情，总要由自己画上一个圆满的句号。

就像校园里的流浪猫很容易找到自己流浪的同伴一样，暗
恋中的女生也很容易发现其他处在暗恋状态的女生。

如约来到高中校门口时，我被吓了一跳。

一个短发红唇的女子，她旁边站着的女子长发及肩，一直在低着
头按手机。

短发女生看到我，举起手来喊道："小凡！快点过来啊！"

我快步上前，被她们热情地抱在怀里。

是的，我们是高中同学，时隔四年再次见面，地点就约在这座承
载了太多记忆的高中校园。

短发女生叫露露，天然的娃娃音，唱歌也蛮好听，偶尔会收到外
班的情书。

长发女生叫阿夏，高中那会是学习委员，做事雷厉风行，长相也
一副"生人勿进"的模样，属于很多人可望而不可即的那种女生。

头发不长不短的我最为普通，没有好看的脸蛋也没有特别的才艺，
甚至从没有人说过喜欢我。就像大多数高中女生那样，没有锋芒却又
认认真真地活着。

我、露露、阿夏，三个性格完全不同的女孩，因为同样经历着青
春时期最狗血的暗恋事件而走到了一起。

露露暗恋同年级一个身高一米九的男生。

阿夏暗恋我们班的生物课代表。

而我暗恋着我的同桌。

我们都以为这件事只有自己知道，然而偷偷喜欢一个人难免露出马脚。看他的眼神太认真，目光停留的时间太长，嘴角弯起的弧度太甜蜜，身体的每一个细胞都忍不住喊着"我喜欢你"。

就像校园里的流浪猫很容易找到自己流浪的同伴一样，暗恋中的女生也很容易发现其他处在暗恋状态的女生。因为她们都有着相似的体会和经历，不知不觉间流露的感情便能被敏锐的同类捕捉到。

最先被发现的是露露。

我们的教学楼构造呈一个正方形，从一个班的阳台正好能看到对面班级的走廊，露露就经常趴在我们班阳台前的窗台上，眼神殷勤而期待地往对面望。不只我和阿夏，全班都能猜到阳台对面的那个班，对露露有特殊的意义。

那天露露正在阳台上观望，阿夏突然出现在她背后，小声地说了一句"你是不是喜欢……啊"，露露的脸一瞬间红了起来，跳着脚否认。

阿夏在发现暗恋端倪这件事上有着超人的天赋。

我自认为自己的感情没有表现得很明显，但阿夏说："你就差把'喜欢'俩字写脸上在他面前蹦跶了。"

我故作镇定地问她："那你说我喜欢谁？"阿夏说：你同桌啊！这么简单的事还要我说。

我和露露甘拜下风的同时不忘回怼阿夏一句：你不也在暗恋生物课代表吗，还有空管我们？

阿夏顿时变得手足无措："你们怎么知道的？"

就这样我们三个人顺理成章地常常会凑到一起讨论暗恋事宜，从其他人口中打听自己喜欢的人的消息。

阿夏说，不如我们仨成立一个"思春少女联盟"，彼此出出招打打气什么的，总比一个人孤零零地暗恋要好。

"思春少女……太直白了吧。"我说。

"那你起个名字。"

"不如叫'告白计划'，督促我们不能光思春，还要抓住机会，告白成功。"

露露举双手赞成。虽然是很傻的名字，但毕竟，它承载了我们少女时期最简单最真挚的愿望。

- 2 -

"不想争取的话，就不要总躲在后面偷偷伤心啊。"

我们正要走进校园时，被门口的保安拦了下来。

"校外人员不得入内。"他说。

我和露露停下脚步，四年前学校的门卫还没有这么严，轻轻松松就可以进出，连拿着歪歪扭扭的请假条逃课出去都不会过问。

阿夏不紧不慢地说："今天周末，我带两个实习生来改卷子。"

见阿夏平淡自若的样子，保安大叔还以为自己真的忘记了这个"新来的"老师，连忙打开了大门。

我们跟在阿夏身后进了校门。

确认远离门卫后，露露才说："阿夏你太牛了，看你说话的样子，我都以为是真的了。"

阿夏说:"其实也可以打电话叫老师带我们进去,但我想还是我们三个'自由行'比较好一点。"

就这样我们三个大龄校外人员混进了高中校园。虽然是周末,住宿制的学校里依旧在补课,校园里空空荡荡的,教学楼里不时传来朗读课文的声音。

第一天见到阿夏时,我就被她的模样惊艳到。

利索的短发齐眉露耳,却很好地突出了她精致的五官。眼睛清澈,唇红齿白,表情总是清清冷冷的,似乎无人能够接近。

直到高二上学期因为文理分科重分宿舍,我和阿夏成为上下铺后才发现,她其实没有看上去那么高冷。

阿夏的床上会放很多毛茸茸的小玩具,还有一个装着各种头饰的粉色饼干盒。

露露也在这个宿舍,常常拉着阿夏和我去阳台聊天,询问彼此的感情进程。

平日里她总是一副无欲无求的样子,只有和我们在一起的时候,阿夏才会幽幽地说,暗恋一个人真的好辛苦。

阿夏喜欢作为生物课代表的松。

我们鼓励阿夏去主动表明心意,毕竟像她那么优秀的人,只要迈出一小步,就能得到自己想要的东西。

可阿夏总觉得松对自己不感兴趣,坚持自己的"暗示"给的足够,只是他没有回应。

与此同时,露露因为性格开朗,和班里很多男生都聊得来,松有时也会和露露聊天。

有一次松和露露在课间不知道在聊什么，两个人笑得前仰后合，差点就手舞足蹈起来。

阿夏在一旁默默地看着他们，失落的情绪写在脸上。

那天放学后，阿夏拉着我就回了宿舍。

四年之后再见面的我们聊起那一天，仍旧记忆深刻。露露一进宿舍，就奔向阳台，将正在和我诉苦的阿夏揪了出来。

"不想争取的话，就不要总躲在后面偷偷伤心啊。"

阿夏垂下头，以掩饰自己刚刚哭红过的眼眶："你为什么一直和他说话，万一他喜欢上你怎么办？"

"他要是喜欢上别人岂不更糟糕？"露露说。

十一假期，阿夏突然给我们发了一张截图。

图中，阿夏说：我有个事情告诉你，如果你不想回答就当没看过。

阿夏：我喜欢你。

松说：嗯，我也喜欢你。

阿夏兴致勃勃地给我们发来语音，说她明天要和松在中央公园见面。我和露露用玫瑰花表情给她刷屏，庆祝她告白成功。

于是，建立了这个联盟的阿夏，成为了第一个离开它的人。

- 3 -

是不是所有暗恋中的人，都像一架精密却胆小的侦察机，
躲在四周悄悄地记录下喜欢的人的点点滴滴。

露露开始在课间拉着我趴在窗台上。

其实露露也有很多人追，但她说那些男生都是一个样子，唯独一米九不同。他忧郁的单眼皮里全都是故事，走路的时候身边会刮起缓缓的风。

虽然在我看来，一米九除了身高一米九以外没什么亮点，但谁让情人眼里出西施呢，一切也就由她说了。

露露将一米九的喜好一条条地记在小本子上，课间刻意地在隔壁班门外逗留，并且通过同学要到了他的社交账号，每天要点开十多次他的主页。

因为一米九在我们班阳台对面的班级，所以露露总是抓住一切机会站在阳台上，我和阿夏调侃她，这样下去要变成"望夫石"了。露露叹了口气，"他究竟知不知道，有人在这边一直看他啊。"

有一天露露忽然很兴奋地拉我过去说，一米九可能注意到她了。

"你看，他本来不坐这儿的。"露露指着对面班级靠窗坐着的一米九，"他肯定是和别人换座位了。"

"那怎么了？"

"这个位置正好能让我看见啊。"露露满脸激动，"并且，他一抬头就能看见咱们班阳台，他一定是注意到我了！"

看着露露欣喜的样子，我也打心底里替她高兴。

"那你下一步打算怎么办？"我问。

"慢慢来吧。"

露露依旧每天课间就往阳台钻，甚至还买了一个小小的望远镜。我感叹道"要不要这么夸张"，露露把望远镜往我的眼前一放，说：

"你看看这个视野是不是特别好。"

透过镜头，一个高高瘦瘦的男生坐在窗前，一面看书，一面转着笔，仔细看确实有几分英俊。突然他的目光毫无预兆地向这边转来，我吓得连忙扔掉手中的望远镜。

露露接着说道，"通过这几天的观察，我发现他喜欢吃学校超市卖的芒果干，喜欢一边转笔一边干别的事，还有，他特别喜欢喝旺仔牛奶，桌子角落经常会摆一罐……"

是不是所有暗恋中的人，都像一架精密却胆小的侦察机，躲在四周悄悄地记录下喜欢的人的点点滴滴。

作为"过来人"的阿夏时不时地给我们上她的恋爱课，讲什么"要坦诚相待"啦，"大胆追求"啦，还说露露当初那么鼓励她去表白，结果轮到自己却畏缩不前。

露露据理力争，说是自己还没准备好，等计划周全了一定要找一米九表白。

我本以为露露只是这么一说，没想到一周后，她真的拉上了我和阿夏，要到对面班去找一米九。

"等他们班下课了，我就可以把一米九叫过来……"露露说着，晃了晃手里的旺仔牛奶，"然后我就把这个塞他手里。"

"哇，然后呢？"阿夏说。

"然后我就对他说'我喜欢你啊'。"

"如果他不说话怎么办？"

"那我就问他，'你喜欢我吗？'"

露露和我们边说边笑地"演习"着，不一会儿，一米九的班级下了课。

露露拿着那罐旺仔牛奶，正打算朝一米九走去时，有一个身影却已先她一步来到一米九的面前。

那是一个长头发、身材很好的女生，她自然地挽起一米九的手，和他亲密地聊起天。一米九也一脸宠溺地看着她，还拿手去揉女生的头。

一米九经过露露身边时，表情没有丝毫的变化，就和路过任何一个陌生人一样，转头却给了身边的女生一个浅浅的吻。

◦ 4 ◦

我的感情则像是蠢蠢欲动的溪流，一不小心就会突破水位线。

"对了，你那时候天天拿着望远镜看他，怎么不知道他有女朋友了啊？"和露露阿夏大摇大摆走在校园里时，我随口问道。

"我哪知道，就在我打算表白前三天，他正好脱的单。"露露说。

阿夏插嘴道："小凡，我们俩的事都回忆完了，不如讲讲你和度哥的故事？"

我暗恋的男生口头禅是"百度一下"，所以被大家称为"度哥"。

度哥不像松那么有魅力，也不像一米九那么有身高优势，只是人比较幽默，常常给作为同桌的我讲各种冷笑话。

说实话，我也没觉得度哥哪点好，但就是莫名其妙地喜欢他，习惯坐在他旁边看他写题，听他聊自己生活中的各种事情。

度哥喜欢许嵩，我就听歌只听许嵩，抄一整本他的歌词。

度哥喜欢蓝色，我便只买蓝色的发卡蓝色的皮筋，期待能被他发现。

也许这是世界上最无趣的暗恋，从暗恋对象到这段暗恋本身都普普通通，毫无特色。

我的行为是以度哥为中心而变化的：如果课间度哥不出座位，那我就也趴在课桌上休息；如果度哥离开座位到外面，我才会和露露一块站在阳台上。虽然一米九已经有女朋友了，但露露还是忍不住要趴在阳台偷看他。

我和露露都超级讨厌情侣，超级讨厌。

表白成功后的阿夏整天和松黏在一起，几乎没有时间再听我和露露的啰嗦心事，只顾着给松写纸条折星星。

有了女朋友后的一米九也是个秀恩爱狂魔，在校园里常常看见他和那个女生成双入对，有时甚至将自己的外套给她穿。

露露还会跑到阳台去看他，只不过不再拿那个夸张的望远镜；她还会把他的喜好记在本子上，只不过撕去了自己幻想中的情节；她还会偷偷看他的主页，只是不会再去逐条点赞。露露的暗恋波澜不惊，仿佛一潭不再流动的死水。

相比之下，我的感情则像是蠢蠢欲动的溪流，一不小心就会突破水位线。

度哥成绩不好，心思都在游戏和篮球上，我便每天拿数理化题去找度哥求解。

每次度哥都算的抓耳挠腮，最后变成我给他讲题。

露露很不理解我的行为，为什么要拿数学题去"折磨"度哥。

我心里却暗想着，这样度哥成绩就会好起来，以后没准还可以和我上一个大学。

"我们三个之中就剩你没有行动了哦。"阿夏说。

我摊摊手："算了吧，我感觉他对我没意思。"

"不会吧，度哥又不讨厌你，我觉得机会还是很大的。"她接着说，"你看他经常和你聊天对吧，之前你送他的生日礼物他还马上用上了，如果对你没兴趣的话不会有这么多小细节吧？"

是吗……虽然我一度认为希望渺茫，但从他人口中得知度哥和我的关系，还是有些小小的开心。

晚上我做了一个梦，梦见度哥说他也喜欢我。

醒来后我决定，无论结果如何，我要将自己的心意传达给他。

‑ 5 ‑

以前我们认为，告白是爱情的开始。后来才发现，告白只是自己感情的坦白，至于能否成功，完全不由自己做主。

露露和阿夏异常热心地给我做培训。

毕竟她们都是有告白经验的人，虽然这好像和经验没什么关系。

以前我们认为，告白是爱情的开始。后来才发现，告白只是自己感情的坦白，至于能否成功，完全不由自己做主。

那为什么还要告白呢？

也许是为了让自己不留遗憾地恋爱或死心。这段感情，总要由自己画上一个圆满的句号。

我隔三差五向度哥问数学题的意图被他看穿，问我明明自己都会做，为什么要作弄他。

"放学后我告诉你。"我说。

最后一节课仿佛没有尽头一样，老师的讲课声在耳膜外敲打，却一个字也没能进来。

终于下课铃声响起，同学们一窝蜂地涌出班级。

我和度哥来到安静的阳台。

那一刻所有关于度哥的回忆都出现在脑海，蓝色发卡，许嵩，数学题，交叉环绕在一起。

"我喜欢你啊。"我说。

度哥一动不动地站在对面，也可能是被我突如其来的告白吓坏了，手足无措地看着我。

一不做二不休，我接着问道：

"那你喜欢我吗？"

还是沉默。

"好，我知道了。"

为了不让场面继续尴尬下去，我抢先离开了现场。

篮球场内，少年依旧不知疲倦地跳跃，仿佛有用不完的精力。

篮球场外，几个女生站在一定距离外，目光却各有所寻。

截止到中午，我们已经把不大的校园里里外外转了三遍。

下课铃响起时，整个教学楼一下子就沸腾起来，有的人飞速冲出教室去食堂抢饭，有的则三三两两结伴同行。

还有一群少年似乎并不在意食堂的饭菜多少，一下课便跑到篮球场上挥洒汗水，宽大的 T 恤紧贴在身上，手中的球在空中投掷出一条条弧线。

我想起来曾经和露露一块看年级篮球赛，我希望度哥能赢，而露露念念叨叨着一米九控场太帅。最后我们班的队伍赢了，露露却比对面班的女生还要伤心。

我安慰她说没事没事，下次我让度哥输给一米九。

露露破涕为笑说，那全靠你了。

800 米体测，我们和隔壁班一起，露露出乎意料地跑进了及格线。后来她告诉我，因为一米九在操场边坐着，所以不想让自己太丢人。

我的告白宣布了高二的结束，阿夏和松的感情渐入平稳期，露露没那么疯狂地喜欢一米九了，只是偶尔站在阳台会朝对面看看。而我搬离了度哥的同桌，带走了他给我解过题的那个本子。

似乎就是一瞬间，我们进入了高三。

日子变得愈发简单无趣，每天埋在题堆里，连吃饭都怕浪费时间。我们三个的来往也不如往常密切，聚在一起谈得更多的不是感情动态而是要上哪个大学。

"我们以后还有机会见面吗？"

"一定有啊，就在这所学校见，然后我们把熟悉的路再走一遍。"

"我们还会记得高中时喜欢的男生吗？"

……

谁会想到呢，当年短头发的阿夏居然长发及腰，当年长发的露露却剪了短发，我们都将那个幼稚的自己藏在记忆深处。

篮球场内，少年依旧不知疲倦地跳跃，仿佛有用不完的精力。

篮球场外，几个女生站在一定距离外，目光却各有所寻。

我们三个会心一笑。

真好啊，在这个地方，每天都有故事正在发生。

- 7 -

时间真是个神奇的贼，偷走青春和记忆，只剩下一地凌乱琐碎的片段。

告白失败那天，露露和阿夏陪我在宿舍的阳台看夜景。

她们本来买好了薯片，汽水还有巧克力，预计给我庆功，祝贺我和度哥终成眷属。

没想到是我落花有意，度哥流水无情，庆功宴只能当失恋宴来吃。

我们拿小小的 MP3 外放当时很火的邓紫棋的《泡沫》，扯着嗓子嚎"全都是泡沫"然后在隔壁骂骂咧咧的回应中渐渐安静下来。

阿夏说，以后我结婚，找你们当伴娘。

伴娘哪够啊，我还要当干妈。露露说。

楼上传来女生躲在阳台偷偷给男朋友打电话的声音，楼下的我们撕开薯片和巧克力的包装，完全不顾会不会发胖。

盐汽水的味道，比酒还要醉人。

"我记得你那天哭得跟个傻子一样！"露露说。

"你还好意思说我，当初谁因为失恋一下瘦了十斤的？"我反驳道。

"是吗？我有那么胖？"

忽然发现，我们居然想不起来度哥和一米九的真名是什么了，时间真是个神奇的贼，偷走青春和记忆，只剩下一地凌乱琐碎的片段。

关于高中时期的暗恋，第一个映入眼帘的画面，还是那个挤在阳台唱《泡沫》的夜晚。

那时我们怎么什么都不怕啊，像阳光下蓬勃生长的绿色植物，只需要一点点水分就能疯狂舒展枝叶。

故事未必都有完美的结局。虽然阿夏和松没熬到异地就分手了，露露没有和一米九在一起，而我也没能得到度哥同样分量的喜欢。但我们小心翼翼又胆大妄为的暗恋和告白，全都是青春岁月里最美好的记忆。

走在学校的小路上，好像一切事情都只发生在昨天一样，小花园里依旧盛开着合欢花，花瓣在风中微微摇曳，像是喝醉了盐汽水的某某。

只可惜，年年岁岁花相似，岁岁年年人不同。

"快走啦！"露露说，"我要吃食堂三层的盐酥鸡。"

异地恋见面前24小时

你知道吗，我有好多次想过放弃，
尤其是每个我想你而你却无法赶来的日子，
每个我哭泣而你却擦不到我眼泪的时刻。
那时我觉得异地恋太难了，我们真的可能走不到最后。
幸好，我们坚持下来了，
马上我又要见到你，和你一起走我走过的路了。

24小时前——

日历上划掉的每个数字都是离下一次见面更近一步的爬梯。

明天这个时候，我就要见到你了。

你现在应该正在火车上，和我一样疯狂地期待着见面吧。我知道，你要坐好久好久的车才能到达我的城市。几千公里的距离，让我们见面的次数寥寥无几。

记得上一次见面时，还是烈阳高照的日子，暖风拂面，知了叫个不停。长途跋涉，汗水浸湿了你身着的短衫，而你全然不顾那天的高温和疲惫，以最快的速度向我赶来。

你说：好久不见。

我们拉着手在大街上漫无目的地走，你没讲笑话，可我却一直在笑，身边熟悉的一切都变得美好起来，简简单单的食堂也能吃出幸福滋味。

我又带着你到处去逛，吃这个玩那个，将时间安排得满满的。实际上，我一个人在学校时都懒得出门，却为了你查导航做攻略，极尽"东道主"情谊。

可分别时分总是来得特别快，还没习惯你的陪伴，你就即将离开我的身边。明明是同样的火车站，两次来到这里时的心情却截然不同。

和你道过别后，我三步一回头，还是敌不过列车飞快地开走，将你瞬间带离我的城市。

这是异地开始的第一年。

以前和朋友们聊天时，听有人谈起异地恋的经历：想见的时候见不到，想抱的时候抱不到，连吵个架都只能打字不能当面对骂。最后男生出轨了同校的一个女生，原因是女朋友远水救不了近火。

我信誓旦旦地说，以后绝对不会谈异地恋，难度大风险又高，还不如在身边找。

没想到遇到你之后，之前的那些标准和原则就通通被我丢到了脑后。

如果是你的话，也许异地会没那么糟糕，我想。

你在南方而我在北方，坐火车要将近 30 个小时才能到达对方的城市，所以只有三天以上的假期我们才会见面，日历上划掉的每个数字都是离下一次见面更近一步的爬梯。

我在人来人往的校园里想念你，在凌晨宿舍的被窝里想念你，在街头放起熟悉的悲伤的歌时想念你。

上次见面时的画面还记忆犹新，转眼间，我已经穿上了厚厚的棉衣，戴着围脖和毛线帽，恨不得浑身上下只露一双眼睛。北方几乎没有秋季，这里的冬天像不听话的孩子，冷得毫无道理，不知你那边天气怎样，有没有带够衣服。

一想到离见到你只有 24 小时，便有种苦尽甘来的感觉。终于可以不用隔着屏幕视频通话，而是真真正正地抱住你了。你会像我想念你一样，也深深地想念着我吗？

14小时前——
你像哄小孩一样劝我睡觉，说熬夜是慢性自杀。
那我和你一起熬夜，岂不就是慢性殉情？
想想看也挺浪漫的。

先查一下去火车站的路线，还有明天我们去哪里玩。

最近新上的电影好像不错，在朋友圈里见过好多人晒电影票。

学校附近新开了家餐厅，只不过我一直没舍得一个人去吃。

走在校园里，随处可见亲密的情侣，可惜在小路上紧扣着手指的不是我们，在图书馆里并排看书的不是我们，在宿舍楼下依依不舍的不是我们，在小树林里低声说着只有两个人懂的悄悄话的也不是我们。

和校园中的情侣们相比，你就像是我养在手机里的一只虚拟宠物，陪我聊天，和我发语音发照片，虽然是温柔至极的陪伴，可我却触碰不到你的一丝一毫。

我没有办法和你一起上课下课吃饭，讨论学校里的趣事；没有办法和你用同一副耳机听歌，在冬天时穿你宽大的外套；甚至没有办法和你一言不发地坐在一起，只是享受时间的慢慢流逝。

我只能给你轻描淡写地打下一句"我想你了"，或者在电话中滔滔不绝地讲述生活琐事。

我们晚上窝在被子里聊天，总是不知不觉就聊到很晚，你像哄小孩一样劝我睡觉，说熬夜是慢性自杀。

那我和你一起熬夜，岂不就是慢性殉情？

想想看也挺浪漫的。

最开始我喜欢把我们的聊天记录截图保存，将我们之间暖心或有趣的对话发到微博上炫耀。后来聊天记录越来越多，这个习惯也渐渐作废。

可如果能每天见到你，又怎么用得到聊天截图呢。

不想再任自己乱想，我开始收拾第二天出门要背的包。想给你带的东西太多，不知道装哪个好。有觉得和你很搭所以买下的手表，有在路边偶尔发现的长得像你的玩偶，有我在想你时写好却未寄出的信，它们都是你不在的日子里，我小小的精神寄托。

我已经想好了很多很多我们要一起做的事情，比如要一块看最新上映的那场电影，一起去那家有名的餐厅吃饭。我还要和你一起走在我每天必经的小路上，这样以后一个人走这条路的日子里，也像是有你的陪伴。

一想到这些，整个人都变得亢奋起来。连时间已经到深夜了都不管，一头扎进对见面的幻想中，在备忘录里一条条地列下见面清单。

修修改改，最后终于在凌晨写完，我对着满满的手机备忘录打了一个哈欠后，昏昏睡去。

7小时前——
可能两个人在一起总需要互相磨合，将彼此的棱角磨平才
能拥抱在一起。

虽然订好了闹钟，但在它响之前就自己醒了。
翻来覆去还是睡不着，索性早早起床，站在镜子前打扮自己。
我从未比今天更认真地化过妆，从粉底到口红，每一步都精确得

像微博上的美妆教程。要知道，平日里都是洗把脸就去上课的我，唯一想要漂漂亮亮面对的人，就是你。

我一边化妆一边想，一会儿见了面，你会不会认不出来我呢？会不会称赞我今天真漂亮然后在脸颊上轻轻留一个吻呢？

我一向习惯于在爱情中索取，期待着被偏爱被宠溺，每天十次告白都不嫌多，而你是个连"喜欢"都不会轻易说出口的男生，无论我怎么暗示明示都无动于衷。

你从来不会把我的照片发到朋友圈里，不会花心思准备精致的礼物，不会掐着点给我发节日快乐。

刚刚在一起时，我们因为这件事闹过很多矛盾。你说有些事情不必非要说出口，我却认定这是你不够爱我的表现。

终于，在一次情人节过后，我和你迎来了异地以来的第一次争吵。

不善言谈的你说了几句后便保持沉默，任由手机这头的我噼里啪啦地发泄情绪。我发出的长篇大论收不到回应，气急败坏之下删掉了你的QQ。

删联系方式这件事刚做出来的时候很爽很解气，可等气头过去了，马上又陷入孤单和懊悔中。

我们离得这么远，唯一维持联系的方式就是这只小企鹅。虽然你不会在上面给我发甜言蜜语，但我想你的时候总能马上找到你。

仔细想想你只是有点现实主义加迟钝，不善于将自己的情感表露出来，如果我们就这么分手了，一定会非常不甘心的吧。

想到这，我点开通讯录，找到你的电话，却不敢按下拨出键。

晚上，我收到了你的电话。

我第一次听一个大男孩在电话中对我吐露心声，你向我坦白我在你心中的地位，承诺为了我做出改变。你的声音有些哽咽，想必也是和我一样下了很大勇气才拨出号码。

我说对不起，我也会努力去改变自己，不再随便发脾气。

可能两个人在一起总需要互相磨合，将彼此的棱角磨平才能拥抱在一起。

我小心翼翼地将口红涂好，确认镜子中的自己已经无可挑剔，抬头看了一眼闹钟，离你的火车到站还有 5 个多小时，我长舒一口气。

好想把时钟的指针直接调到我们见面的时间啊,好想直接见到你，告诉你我一直都很想你。

5小时前——

我有好多次想过放弃，尤其是每个我想你而你却无法赶来的日子，每个我哭泣而你却擦不到我眼泪的时刻。

又检查了一遍包包，明明还有几个小时才能见到你，心跳却莫名其妙地加快起来。舍友们还在睡觉，我按住小鹿乱跳的胸口，轻手轻脚地走出宿舍。

周末早上的校园里人很少，清冷的空气里有隐约的颗粒感。我在食堂吃了顿简单的早饭之后，准备坐地铁到火车站去接你。

大一下学期那次，和你短暂重逢之后又分开，之后的很多天里，我的脑海里还是你来找我时的身影。

吃饭的时候，想起你陪我一起去的餐厅。

在图书馆的时候，耳边都是你和我聊天的声音。

上课的时候，不由自主地想如果你在就好了。

明明有男朋友，却好像比单身还要难受。

紧接着的期中考试，我考得一塌糊涂，在没有人的楼梯拐角给你打电话，不知道说什么，就只是哭，

如果你在我身边，就可以拍拍我的肩膀，什么也不用说，把我抱在怀里，让我把眼泪在你宽大的 T 恤上蹭个干净。

可惜我们之间相隔一千多公里，我只能通过电波听到你手足无措地一遍遍安慰我不要哭了。

后来，我开始学着一个人吃饭，一个人看书，一个人走在校园里成双成对的情侣中间，控制着自己不要那么强烈地去想你。

晚上聊天时，你喜欢问我这一天都做了什么。并非要完全知晓我的一举一动，而是想确定你不在的时候，我也可以独立去应对生活。

毕竟，我可以想你，但不可以只想你。在你看不到的地方，我也要努力生活，这样下一次见到你时，才会是更好的模样。

现在，我正走在去见你的路上。

尽管身旁时不时刮来寒冷的风，空空的树梢上没有一片树叶，连麻雀都不知道飞到哪里去了，一个人走在空旷的街道上难免觉得有些孤单，可是一想到你的样子，脚下的每一步又都坚定起来。

你知道吗，我有好多次想过放弃，尤其是每个我想你而你却无法赶来的日子，每个我哭泣而你却擦不到我眼泪的时刻。那时我觉得异地恋太难了，我们可能真的走不到最后。

幸好，我们坚持下来了，马上我又要见到你，和你一起走我走过的路了。

3小时前——
见到你的那一瞬间，我发现任何解释都不需要了，无论谁
对谁错，我们都只想让这段感情继续下去。

坐上去火车站的地铁，一路上听着歌，翻看着手机相册。

上一次见面，你满头大汗，和我在车站拍下合影。

上上次见面，你傻傻的样子，远远地从人群中对我比出一个胜利
手势。

上上上次见面，你小心翼翼地护着给我的礼物，一副认真的表情。

……

每次照相你都会露一颗虎牙，有点傻也有点幼稚，但恰好是我喜
欢的样子。

我不算一个脾气好的人，时常因为一些小事跟你发脾气，吵闹着
说要分手。

可你却一直照顾着我，打很久的电话陪我聊天，让我消除对这段
感情的不信任。

争吵最激烈的一次，是你来我城市时在我手机上登了自己的
QQ，离开之后也忘了退出。

有一个女生发消息给你："你几点回学校？"

我点开她的空间，发现你和她似乎关系密切，常常互相点赞评论。

联想到朋友和我说过的异地恋出轨故事，冲动战胜了理智，我直
接将她的名字移出了好友列表。

等你对我兴师问罪而不是道歉的时候，我更加认定了我在你心里

早就没那么重要，索性将你的联系方式也删掉，忍住不去找你，一个人裹在被子里生闷气。

你借舍友的手机给我打电话被挂断，发短信说那个女生是班长，问你几点回去只是去给宿管请假。

我不信，将手机放在一边，不理会你的消息。

你接着给我发短信，埋怨我小题大做，总是把简单的事情搞大。

看到这我一气之下给你回道："你受不了就分手啊！"然后将你舍友的手机号也拉进黑名单，世界突然就安静下来。

"分手"第一天，我照常上课下课，反正平常也是一个人，你在不在对我都没有影响。

"分手"第二天，你又换着号码打电话被我挂断，晚上我习惯性地点开 QQ，却发现第一个分组里已经空无一人。

"分手"第三天，我忍不住将你的那些电话号码都拉出黑名单，心中隐隐期待着什么，可你却没再发来消息。

第四天我接到你的电话，你说坐了一天一夜的车，刚刚来到我的城市，想见我一面，晚上又要离开。

见到你的那一瞬间，我发现任何解释都不需要了，无论谁对谁错，我们都只想让这段感情继续下去。

现在想想，能遇见你，爱上你并且被你爱着真是太幸福了，我也决定改掉自己的坏脾气，和你好好地走过这一段艰难的异地时光。

"叮咚"，地铁到站了，离你又近了一步。

1小时前——
我们都想做聊天中最后结尾的人。

站在接站口，我故作轻松地玩着手机，心却扑通扑通地跳个不停。

在一起的第一个月，我和你每次互道晚安都要耽误很长时间。别的情侣可能互发一句"晚安"就够了，而我们要进行来来回回的拉锯战，恨不得把所有情话在入睡前都说上一遍。

我：晚安。

你：晚安，我爱你。

我：我也爱你。

你：么么哒。

我：么么哒，做个好梦。

你：晚安。

我：晚安。

我们都想做聊天中最后结尾的人，所以有用的没用的废话都一通乱来，直到实在无话可说才恋恋不舍地放下手机睡觉。

不过，随着我们在一起的时间越来越久，这睡前的"晚安"时间也变得越来越短。

我不会再一有什么事就给你发消息打电话，而是尝试着去自己应对生活中的困难，就算生病受伤，也能云淡风轻地给你发去"不要担心"。备战期末考试，忙碌起来的时候，每天只有"早安""晚安"的问候。

不是对你的爱减少了，而是我终于学会长大，不只想做一个被你宠爱的小孩，也想做你异地的支持和陪伴。

179

我会在 QQ 上和你讲述今天课堂上的趣事，不去提及失利的考试和孤单的心情。

我会给你分享冬天凝结在窗上的冰花，将感冒药藏在抽屉里，对你说不用担心。

我知道你也习惯报喜不报忧，不希望让一千多公里外的我无比担心却帮不上一点忙。

虽然我们之间的聊天越来越简单，可我却全然没有最初的患得患失，因为习惯，也因为信任。

按理来说我们都一起走过了这么长时间，不该再对小小的一次见面如此重视以致心急如焚。可站在火车站等待你的到来时，我仿佛又回到了第一次见你的那天。

掏出镜子再擦一遍口红，看一眼自己的妆有没有掉，然后给你发张身后环境的照片，附上"我在这里等你"。

一年之中能与你见面的日子屈指可数，所以每一次约会都被我们格外重视。认真地划掉日历上的数字，挑选要一起去的地方，彼此鼓励着还有多少天就可以见面。

我漫无目的地刷着朋友圈，实则一个字也看不下去，玩游戏超不过三分钟就死掉，每隔几秒都要看下时间，算着你还有多久能到。我像一个坐立难安的小孩子，脑子里全是你的样子。

直到你发来消息：亲爱的，我下车了。

5分钟前——
我一直相信，异地恋不可能永远异地，而每天黏在一起的情侣，也不可能永远距离为零。

人群如潮水般涌了出来，我站在原地不敢走动，生怕你会找不到我。

喧闹中，我看见了带着大袋食物来找孩子的父母，看见了捧着鲜花来接女友的男生，看见了刚下车就拥抱在一起的恋人。我急切地踮着脚，在成百上千的人群中寻找你的身影。

张望中，我一不小心被人挤出了原先的位置，着急地快要哭出来，一面忍着泪，一面逆着人流艰难地走回去。

这种穿过茫茫人海去追寻喜欢的人的本领，似乎是与生俱来的。

中学时我们可以在一群穿着同样校服的同学中一眼看到自己喜欢的人，长大后也可以从行色匆匆的行人之中一下子认出那个属于自己的身影。

我一直相信，异地恋不可能永远异地，而每天黏在一起的情侣，也不可能永远距离为零，但经历过异地之后，一定会更加珍惜彼此在一起的时间。

跨年夜，我们没有机会见面，只能守着各自的手机，等零点的钟声敲响，天空上升起一簇又一簇的花火，转瞬又化成下坠的流星，不知道你那边是怎样的风景。

你和我聊着天，感叹着我们不知不觉又一起度过了一年。

我也因为兴奋睡不着觉，东一句西一句地聊着未来。

如果考研顺利，我们明年就可以到同一所城市，也许还会租一间房子，将这些年来无法每天见面的遗憾填平。

直到天边都露出鱼肚白，两个人也都哈欠连天时，你提醒我说再聊一个话题就睡觉。

"恩……你怎么看待异地恋？"我问。

"我觉得异地恋是在相遇。"

"相遇？"

"对，就像那本我们曾经一起看过的书一样，你向左走，我向右走，看上去越来越远，但只要目标是相同的，总会在某一个地点迎来重逢。"

我想起那些和你一起走过的日子，虽然彼此距离遥远，却也在学着相互理解，学着抵抗孤独，努力让自己更靠近对方。

异地恋就是这样吧，没能一路陪伴，却可以殊途同归。

我相信有一天我们会坐在一起，比划着地图上短短十几公分的距离，笑着谈论那些曾经将我们阻隔起来的山川河流。

10秒前——

异地恋真的太苦了，可是能被你爱着，那些寥寥无几的见面次数和忍不得删所以堆叠成山的聊天记录，都变得没那么重要了。

你和我对视的那一眼，让我在茫茫人海中认出了你。

你的眉眼依旧，远远地冲我招手，口型是我的名字。

那一瞬间让我觉得与你相恋的这些日子都值得的，只要能见到你，那些一天数十页的聊天记录，那些为对方寄过的快递，还有那些彼此距离虽远但心却紧贴在一起的日子，都是值得的。

于是我也笑着背起包，带着我的满心欢喜和不止 24 个小时的甜蜜又心酸的期盼。

向你扑去。

异地恋真的太苦了，可是能被你爱着，那些寥寥无几的见面次数和忍不得删所以堆叠成山的聊天记录，都变得没那么重要了。

你头发长了，买了新衣服，跟上次见到你的时候有许多变化，当然，上次我们的见面还是夏天。可一刹那间我竟有一种陌生感：是你吗，你真的来了吗？

直到扑进你怀里，我才确认眼前的真实性。面前的人的确是你啊，那熟悉的味道和掌心的温度，一直都没变。

就让时光停留在此刻，好吗？

不谈恋爱会死星人

///

我看着阳光下眼睛重新闪亮起来的姜小桃，
她的神情是那样认真，我知道，即使是Bad Ending，
她也会全力以赴，用好像从未受过伤的心去爱一个人。
突然明白了她身上的那种少女心。
永远不服输，永远对爱情抱有希望。
就算是不谈恋爱就会死星人，也让人讨厌不起来啊。

▪ 1 ▪

我相信每个人身边都会有这么一个朋友，他们几乎没有单身的时间，有也是在拍拖的路上。

我相信每个人身边都会有这么一个朋友，他们几乎没有单身的时间，有也是在拍拖的路上，仿佛有一种与生俱来的异性吸引力，即使和上一任分手，也能很快找到接班人。

我们管这类人叫做，"不谈恋爱会死星人"。

姜小桃就是这样的一类人。在爱情里幼稚、冲动，却总有种不知哪里来的少女心，能一次又一次喜欢上新的人，也被新的人喜欢。

她是我从幼儿园开始就一起玩的发小，我们俩好到什么秘密都可以和对方说，上课传小纸条被叫起来，还能嘻嘻哈哈地一块写检讨。

在我心里，姜小桃可以说是世界上最可爱的女孩子了，除了一件事——

她总是在谈恋爱。

初中生姜小桃长得不算特别漂亮，白皙的皮肤上点缀着几颗雀斑，扎一个不高不低的马尾，会在宽大的校服里穿一件好看的 T 恤，体育课时顺手拉开拉链，露出里面的印花图案。

初二时，姜小桃忽然宣布她有了男朋友，是同年级的一个男生，也不爱穿校服，头发常年像只刺猬一样支棱着。课间时他们并肩从走廊上经过，总能引起班内的同学频频侧目。

托姜小桃的福，我常常能吃到各种口味的巧克力。因为男生常送而她又吃不完，于是多余的那些恋爱信物就通通落入我的腹中。

那天我登上 QQ 时吓了一跳。

姜小桃和她的小男朋友换了情侣头像、情侣网名、情侣签名，情侣空间，总之一切能想到的东西都是成双成对，恩爱气息扑面而来。

"你真的喜欢他啊？"我问。

姜小桃说当然了，她要爱他一辈子。

我被恋爱中的少女惹了一身鸡皮疙瘩，摇摇头表示"你开心就好"。

接下来的两个月里，姜小桃就在 QQ 空间里为我们实时直播她和男生的恋爱真人秀。

有时是偶像剧，不厌其烦地感叹爱情的奇妙和两个人的缘分。

有时是文艺片，转发着不知所云的歌词和诗。

有时姜小桃又化身为情感专家，细心剖析恋爱的心得体会。

虽然受不了姜小桃爱秀恩爱的性格，但不得不承认，包括我在内的许多女生，都对她有着隐隐的羡慕之情。

羡慕她能被人喜欢，也能大胆地表达自己的喜欢，在手腕上戴二十块钱一对的情侣手链，和男生一前一后地走出教室，然后在确认老师看不到的地方再站到一起，课间时把夹着情话的纸星星送给对方。

对一个只在电视剧和小说上看见过"爱情"的初中女生来说，这样的情节未免太刺激了些。

不过最后，连老师都没来得及出手干预，姜小桃的这段"非主流"爱情就随着中考的到来自然而然地结束了。

具体原因不得而知，不是姜小桃没告诉我，是因为她也不知道是什么原因。中考完回学校拿毕业照时男生随口说了一句"我们分手吧"，她说"好"，于是走出校门，那真的是她见他的最后一面。

那个夏天，他们俩换回了各自的 QQ 头像，在签名里写上"分手快乐"。

= 2 =

整个世界都充满了粉红色的泡泡，戳开了，还是草莓味的。

短暂的失恋过后，我和姜小桃来到了同一所高中。我们以五分之差被分到了不同的班级，我在实验班，而姜小桃在普通班。

本以为上了高中的姜小桃能安生一点，考个不错的二本回去继承家业。没想到高一还没过一半，我就又在 QQ 空间里看到了她的恋爱show。

没什么浮夸的内容，只有一行字："我们在一起了"。

"他是谁？叫什么？哪个班的？"我点开姜小桃的对话框，问道，"你怎么都没告诉我。"

"哎呀，太快了没来得及。"姜小桃发了一个调皮的表情，随后用一个小时，娓娓道来了她和男生的罗曼蒂克史。

他叫周尧，是班里公认的学霸，据说中考那天拉肚子才来到的普通班，开学之后的每场考试都稳居班级第一，从未掉出过年级前五十。

不过这个苦命的学霸一心想在三年后的高考证明自己，拒绝了各种课代表还有学习委员的职务，埋头学习，甚至常常忘记班级里重要的通知。

姜小桃作为周尧的小组长，几乎每次收钱都要多准备一份替他垫上。一来二去，周尧可能也觉得不好意思，还钱的时候会顺手给姜小桃一包零食或者一瓶饮料。

姜小桃说算了，不如以后你帮我讲题吧。本来只是随口一说，没想到周尧异常重视，每天都问一遍姜小桃有没有不会的题，考完试还要自告奋勇帮她分析试卷。

有一次姜小桃错的太多，放学后快一个小时了都没讲完，她有点烦躁地说不听了不听了，让周尧放她走。

周尧却忽然神情认真地说："不行，你这样没法跟我上一个大学的。"

"我干吗要跟你上一个大学啊，你可是大学霸诶，别为难我们普通人。"姜小桃说。

"你还不懂吗，因为我喜欢你啊。"

那句话像是抛到水面上的石子，一瞬间激起了千百层涟漪。又好像整个世界都充满了粉红色的泡泡，姜小桃说，戳开了，还是草莓味的。

文理分科时，姜小桃毅然决然地选择了理科，出乎了所有人的意料，因为她之前的人生规划都是读个文科轻松混日子，结果现在居然明知山有虎偏向虎山行，朝自己最不擅长的道路进攻。

周尧本来就是学霸，就算谈起恋爱，每月一次的考试仍是游刃有余。而姜小桃就苦了，基础不好，又要和周尧聊天吃饭你侬我侬，只好各种抽时间去弥补和周尧之间的成绩差距。

每天晚上和周尧道完"晚安"后，姜小桃都要再挑灯夜读两个小时，好像每写一道题，就能离周尧更近一点。

她爸妈怕女儿累坏了，就把电源切断，结果姜小桃居然打起手电筒接着学，活脱脱像换了一个人。

几乎每次月考出分，看到自己与周尧名次上的差距，姜小桃都要大哭一场，直到周尧给她买冰淇淋，哄她"没关系宝宝还是最棒的"才肯罢休。

明明之前考到这种分数都已经手舞足蹈，叫我去吃小火锅了，现在却对自己这么苛刻，仿佛非得达到跟周尧一样的高度才满意。我不解地问她为什么这么较真，谈恋爱的人那么多，没见哪个越谈眼镜片越厚的。

姜小桃说，既然决定了要和周尧在一起，就该尽全力让自己去靠近他，她可不想周尧浪费分数跟她上一个普通大学。

我心想，人家才不会为一份恋爱浪费分数呢，明明只有她这样的傻瓜，才会把高中生爱情看得如此重要。

- 3 -

我没敢说的是，她的恋爱信条过于完美，但并不是每个人都有和她一样完美的想法。

高三上学期，学校重新分了一个"火箭班"，把年级前五十名都排了进去，为冲击名校做最后的冲刺。

周尧被分到了这个班级，而姜小桃虽然也很用功地在补习，名次却仅仅在年级二百名出头。

姜小桃问他可不可以不走，继续留在普通班和她过甜甜蜜蜜的小生活。

周尧摸了摸她的头，说："宝宝乖，只是不同班而已，每天我还是可以来找你讲题的啊。"

姜小桃看到周尧眼睛里的柔软，想起他来到这所学校后一直不甘心在普通班的闷闷不乐，于是点点头，"那你可不要忘了我。"

刚开始，周尧的确每天课间都跑来找姜小桃聊天，放学后还特意来姜小桃的班级给她讲题，问她今天的课都听懂了没。

姜小桃的成绩早就超过了作为好友的我，可她并不罢休，力争要和周尧考到一个班。

周尧总是笑眯眯地看着姜小桃对着一堆理科题咬牙切齿，直到她左冲右撞都找不到正确路径，才出手在草稿纸上写下一两个关键步骤，带她找到思路。

姜小桃一脸崇拜地看着他，随后更努力地扎进书本里。

那段时间她连 QQ 都很少更新，一心都扑在横亘在她和周尧中间的学习上。

渐渐地，周尧来姜小桃班级的次数越来越少，他抱歉地说学业太忙没有时间，希望姜小桃不要生气。

姜小桃傻乎乎地说"没事，高三了嘛，知道你重视学习"。

她一本正经地跟我讲，只要两个人真心相爱，在一起的时间少一些也没关系，她要成全周尧去做自己喜欢的事，同时要更加努力让自己配得上他才行。

我没敢说的是，她的恋爱信条过于完美，但并不是每个人都有和她一样完美的想法。

　　某天中午，姜小桃来班里找我吃饭，却发现周尧和其他女生手牵手走在校园里。

　　她去问周尧那是谁，一定是个普通同学对不对，他们肯定是出于某些特殊原因才不得不走在一起，只要他点头她就愿意相信。

　　结果周尧说，不是，他有了新的喜欢的人。

　　女生在周尧新班级的隔壁，刚好对周尧有意思，和他的见面次数又比姜小桃要多得多，一来二去，就跟周尧走在了一起。

　　周尧的朋友都说，她比姜小桃漂亮又玩得开，不像姜小桃只会戴着眼镜趴在桌子上做题，毫无生活情趣。

　　姜小桃伤心到拉着我和她泡图书馆，让我和她一起计时做模拟卷，比谁得分高。

　　我第一次见到这样宣泄失恋的人，怕放走了她，她又会控制不住自己，于是只好在图书馆陪她做卷子。

　　第一天，姜小桃的三张试卷无一及格。

　　第二天，她和我的分数差不多，在中游晃晃荡荡。

　　第三天她已经完全恢复，门门高我十几分。

　　别人失恋哭哭啼啼，而姜小桃失恋是题题题题，对周尧的喜欢和愤怒全都化为前进的动力，推着她走完高中最后的两个月。

　　我都不敢相信，她就是入学时那个和我差了五分而进入普通班的女孩，现在的姜小桃火力全开，无论失恋还是被劈腿都阻挡不了她的脚步。

　　高考出分时我被吓了一跳，姜小桃居然超常发挥，考上了南方的一所985高校，周尧和他的新女友都没能够得到她。于是姜小桃和学霸挥手告别，踏上了一条崭新的人生道路。

我说，要是我的话，就到他的面前显摆三天三夜，让他知道错过我有多可惜。

姜小桃被逗笑，转头又说，算了，没有他的话，我也不会是今天这样。

她靠在我的肩膀上，头发垂下来挡住眼睛，我感到肩头有湿湿的痕迹，像是下雨了。

▪ 4 ▪

《流星花园》的故事真的发生在了现实生活里。

我在北方的一所普通大学里学中文，这里一眼望过去全都是长发长腿的文艺妹子，男生都很少，更不要说长得帅的。由于没有喜欢的男生，根据"女为悦己者容"原理，我在大学的打扮仍然又乡又土，丝毫不像之前所听说的，进了大学就像进了美容院。

姜小桃的学校则是正统的理工科，男多女少，她又是北方人，被一群南方同学推举为"长腿女神"，不仅有很多人追，而且化妆技术也长进不少。

再次见到姜小桃时，已是大一的暑假。我身穿大 T 恤加短裤，脚踩一双帆布鞋，和高中几乎没差。她则像是变了一个人，头发烫了卷，嘴上涂了像刚吸完血一样的口红，脸上的雀斑也被不知道什么牌子的粉底遮住，显得皮肤光滑又白皙。

"你被富二代包养了？"我忍不住问。

"算是吧。"姜小桃羞涩地低下头，可还是挡不住她嘴角洋溢出来的幸福的笑意。

　　她说，她们学校有一个独立出来的国际学院，只要每年掏二十万元的学费，就可以降六十分录取，和普通高考进来的学生拿一样的文凭，外加一张英国证书。

　　真的有人会上这个学院吗？有，而且还不少。毕竟对有钱人来说，钱在家里放着也是放着，不如提升一下文凭，顺便交一些一流院校的朋友，没准以后会用得上。

　　陈一扬就是国际学院大三的一名男生，因为出手阔绰，也被学校里的同学称作"陈思聪"。

　　由于连挂两年专业课，"陈思聪"不得不和大一新生一起重修。于是在线性代数课上，他遇见了初来乍到的姜小桃。

　　那个时候姜小桃的短发随意地披在肩上，穿着以纯的格子衫，脚上是从尾货城里淘来的打折运动鞋，全身上下不超过三百块。

　　陈思聪惊讶于姜小桃一个女孩子，能把阻挠了他两年的题目轻而易举地解开，于是打着"学长带你逛校园"的旗号，要和姜小桃约会。

　　姜小桃正好也觉得这个人挺有意思的，答应跟他逛校园。走到情人林中央的时候，陈思聪拉住了姜小桃的手，说"要么我们交往吧"。

　　为了让陈思聪能顺利通过考试，姜小桃挑起了给他辅导的重任，她先做完题，再圈出难度适中的，让陈思聪做，然后针对他的盲点和易错点挨个指导。

　　陈思聪说："你讲题这么厉害，以前就是学霸吧？"

　　姜小桃脑海里浮现出周尧的影子，如果不是周尧，她都不知道自己现在会在哪里。

　　但这个念头转瞬即逝，她对陈思聪露出一个灿烂的微笑："那当然了，我这么聪明。"

不知道是姜小桃改变了陈思聪，还是陈思聪改变了姜小桃。陈思聪大一落下的课程顺利通过，而姜小桃也在陈思聪的带领下越发有了富家子弟女友的气质。

根据"大节大礼、小节小礼"的原则，不到三个月，陈思聪就给姜小桃送齐了一整套化妆品外加五支口红，美其名曰"女生就是要会打扮，这在我们学院的女生那里都是基础配置了"。

姜小桃小心翼翼地收好，上网去找各种美妆教程来学着画，生怕浪费了陈思聪的真金白银。

陈思聪还带姜小桃出入各种名流聚会，教她如何优雅地切牛排，还告诉她晚礼服只能穿一次，除非对着完全不相同的人。姜小桃小鸡啄米般地点着头，将陈一扬说的话记在心里。

"就好像是，杉菜遇到了道明寺。"她说，"没想到《流星花园》的故事真的发生在了现实生活里。"

- 5 -

她不想让自己那么早就被困在婚姻里，她还想读硕士甚至博士，还有很多想干的事。

和陈思聪在一起后，校园里四处都流传着关于姜小桃的传说。

在同学们口中，她是漂亮又身材好的学霸女神，见多识广又品位高雅，名牌衣服包包数不胜数。

其实不过是陈思聪带她买过两三件GUCCI，要她换掉身上的以纯阿依莲，还教她衣服要怎么挑怎么搭配，即使不买大牌也至少不要让印花显得太廉价，否则他的朋友会嫌他不舍得给女友花钱。

姜小桃满口答应。

我本以为他们这样贫富差距这么大的感情会很快分手，结果一年多了，姜小桃和陈思聪依然你侬我侬，一到假期就到处旅游。看陈思聪这么认真的样子，我又觉得他们肯定能够在一起，但没想到没过多久，他们俩就产生了无法磨合的分歧。

姜小桃的二十岁生日，陈思聪给她办了一场隆重的生日派对，虽然去参加的大部分都是陈一扬的朋友，来来往往的人都穿着晚礼服和西装，搞得姜小桃直紧张，生怕自己搞错了什么礼节。

可派对总的来说还是愉快的，毕竟被众星拱月的那个人是自己，这是姜小桃过去从未体会过的。

分过蛋糕后，众人上来送礼物，姜小桃收到了能开一个专柜的口红，正在想着哪能卖掉它们时，陈思聪在大家的掌声中走了上来。

他的礼物是一枚 Tiffany 钻戒。

"小桃，我们正好相差两岁。所以，我想请你嫁给我，挑一个好日子，我们就去领证。等你一毕业我们就结婚，不用担心考学也不用担心工作，好吗？"

姜小桃被吓得站在原地，不敢接过盒子。

"你先收下，款式不喜欢的话，我们再换。"陈思聪说。

"我们能不能……晚点再结婚？"她小声地说。欢乐的气氛瞬间凝固，所有人都朝这边看来。陈思聪将钻戒盒塞到姜小桃的手里，转身去和朋友们喝酒。

那场派对最终不欢而散。

陈思聪带着醉意问姜小桃，是不是不想嫁给他。

姜小桃说不是，她只是不想让自己那么早就被困在婚姻里，她还想读硕士甚至博士，还有很多想干的事，这些都是陈思聪不能给她的。

陈思聪不能理解，甩手和她冷战起来。

他的期末考试一塌糊涂，眼看又要被推迟毕业；另一边，姜小桃却拿着 4.0 的绩点，出现在学校的表彰栏里。

后来两个人还是和好了，但这次争吵埋下的种子却在默默生根。

陈一扬不懂，有那么多女人排着队想和他结婚，为什么他喜欢的姜小桃却偏偏不想嫁给他。过平平稳稳、继承家业的生活难道不好吗，再学三年五年都不一定有当他的妻子挣的钱多。

可姜小桃不再是初入校园，什么都不懂的小女孩了，陈一扬教她的东西她都已经学会，不再像最初一样对他仰望。并且，她想要的东西，比陈一扬能给的更多。

尽管姜小桃还喜欢他，但这份感情在彼此的分歧面前，越来越看不清晰。

- 6 -

我可以改变自己，但我不能丢掉自己。

《流星花园》毕竟是虚构的，陈一扬不是道明寺，姜小桃也不是杉菜，虽然之前他们一直这么认为。

　　陈一扬的父母不同意姜小桃这样一根杂草混进自己的家门，时常在陈一扬耳边煽风点火，说姜小桃这样的女生，他是管不住的。

　　陈一扬开始并不在乎，后来却将信将疑，尤其是当他们吵架后，姜小桃仍然全神贯注地做自己的事情，而陈一扬却被感情折磨得心力俱疲。

　　他觉得姜小桃并不爱她，花了他的钱，却不肯做他的人，连伤心都没有为他伤心过。

　　但我知道，姜小桃的潇洒和冷静都是假装的，和陈一扬冷战时，她整夜整夜地睡不着觉，白天还要强打着精神装作什么都没发生。有一次她忍不住打电话给我，什么也没说，就只是哭，哭了一个小时之后挂断电话，给我发来一句"没事了"。

　　我那时想，如果她不谈恋爱就好了，就不会有这么多惹人烦心的事情了。

　　但如果她没有谈过恋爱，恐怕就不会是现在的姜小桃了。

　　姜小桃恢复了单身，坐了二十多个小时的火车来北京找我玩。

　　我们在三里屯逛吃逛喝，在南锣鼓巷逗餐厅里的猫，在 798 凹造型拍照片，晚上，姜小桃和我躺在有大大的落地窗的酒店里聊天。

　　姜小桃问我有没有男朋友，我说还没。

　　她说，早点带一个男生请我吃饭啊，再不抓紧时间你就要随便找一个人结婚了。

　　"你说，恋爱的意义是什么？你谈了这么多，最后不还是一场空。"话刚一出口我就后悔了，这未免有点太伤她刚刚失恋的心。

　　"也没有完全空的。"姜小桃说，"第一个男朋友教给我如何去爱，第二个男朋友教给我认真和努力，第三个男朋友则让我提前学会了走上社会的技能，并且，免疫金钱诱惑。"

"那你为什么没和他们在一起？"我问。

她闭上双眼："我也想跟周尧去同一所大学，想和陈一扬过一辈子，可是，我可以改变自己，但我不能丢掉自己……"

北京的夜晚仍旧灯火通明，后悔选了带落地窗的酒店，我们只好严严实实地拉上窗帘，才能钻进被窝里。

睡着之前我和姜小桃又没头没尾地聊了很久，最后，话声越来越弱。

"小凡，我还是好想谈恋爱。"姜小桃翻了个身，对我说。

"不谈恋爱会死吗？"我嘴上这么说，心里却相信，她的一切自有分寸。

多年之后，我认识的朋友中，在恋爱方面游刃有余的并不少，有从头到尾没让对方占一点便宜的人；有被绿了马上反绿回去，一滴眼泪也不会流的人；还有能为对方牺牲一切，只为保全感情的人，但只有姜小桃，是我打心底里羡慕的不谈恋爱会死星人。

- 7 -

永远不服输，永远对爱情抱有希望。

放假后，担心姜小桃不习惯一个人的生活，我拽着她去吃饭、唱歌、参加漫展。

她说，"没事儿，我又不是第一次失恋啦，这些天正好能做一些自己想做的事。"

我不知道她从哪学的，买了一堆资料和书，有模有样地办起网课来。

她说，和陈一扬在一起之后，才发现原来有很多人还在及格的边缘徘徊。网络上大学内容的资料又很少，干脆自己做一个，卖给有钱懒得念书或者想自学的同学，由于没有竞品，销量肯定不错。

姜小桃的商业头脑果真够强，先是在学校群和慕课平台推广，后来办起自己的网站，还搞了会员制，只要交一定的年费，所有课程免费观看。

一个学期过后，陈一扬给她买过的东西，全都悉数归还。

看她那么忙，再一次放假时，我便没约她，一个人去到商场里的星巴克写稿。开写之前我做作地拍了张图发朋友圈，不一会儿，就收到了姜小桃的评论。

"哎，我也在这个商场呢，你往后看！"

我看见姜小桃换了一身新衣服，旁边站着一个相貌英俊的男生，亲密却不失分寸地挽着她的手。

"你怎么又有男朋友了？"我说。

姜小桃笑了笑，说道："因为，我不谈恋爱就会死啊！"

见我还愣在原地，她补充道："放心啦小凡，这次我不会再把自己搞哭了。"

看着阳光下眼睛重新闪亮起来的姜小桃，她的神情是那样认真，我知道，即使是 Bad Ending，她也会全力以赴，用好像从未受过伤的心去爱一个人。

　　突然明白了她身上的那种少女心。永远不服输，永远对爱情抱有希望。就算是不谈恋爱会死星人，也让人讨厌不起来啊。

告别

LEAVE

前任遗物处理手册

///

已经想不起我们为何而吵架，为何逐渐生疏，为何闹得决裂，

然后毅然决然地决定分道扬镳。

只记得在许多个为他而哭泣的无眠的夜晚，

默默地决定了彼此以后要走上不同的路。

如果不曾发现这只箱子，

我还不知道，他送过我这么多东西。

我们之间居然有过那么多，现在想起来还是很怀念的故事。

◦ 11 ◦

我分手了。

拽着好友连着喝了三天的酒后，第四天她们终于义正辞严地拒绝了我，并说，"乔乔，失恋了没什么大不了，我们相信你能走出来的。"

没人陪失恋少女喝酒了，这个世界真是冷漠。挂断邀约的电话后，我郁闷地躺在床上打滚。

滚着滚着，忽然想起冰箱里还有一瓶昨天带回来没喝的啤酒。我立马从床上弹了起来，飞奔到厨房找酒。

"就是你了，小粉象，嘻嘻。"

我从抽屉里掏出起子，对准瓶盖。"嘎嘣"一声，美妙的奶白色泡沫伴随着酒精气息出现在我眼前。

就在我兴高采烈地抱着酒瓶准备灌下去的时候，一个没注意，酒瓶盖顺势滚了下去。

它就像是一位英勇的武士，从瓶口一跃而下，在地上弹了一下，然后滚到像黑洞一样的床底下。

如果是平时我可能懒得去找这个不听话的瓶盖，任由它在床底下积灰或者养蟑螂，但今天不一样。我心里咒骂着："垃圾前男友走了就算了，为什么一个瓶盖也要离我而去？我今天还就非要够出来它不可了。"

我跪在床前的地上，伸手去摸，却碰见了一个硬硬的东西，平整得像一堵墙。

我的心猛地顿了一下，连昨夜的酒意也一扫而空。

恋爱三年，他送我的所有东西都被我仔细放进一个大纸箱里，然后塞到床底下。可是两个人吵架之后我竟忘记了这个大箱子，只顾着把眼前看得见的东西一股脑全扔给了他。床下这面硬硬的"墙"，应该就是那个存放着这份爱情遗物的箱子吧。

我两个手抱住纸箱，缓慢地将它拖出床外。尘土的气息呛得我直咳嗽，反正双手已经脏了，我干脆拿手拂掉最上面的一层灰。在一阵深呼吸后，我打开了那只承载着我过往记忆的时光之箱。

∽ 2 ∽

Roseonly"一生只送一个人"，我送给了你，就代表我再也不会喜欢其他人了，就算喜欢也不能送她们玫瑰花，因为每次要送的时候都会想到你。

箱子最上面是恋爱三年纪念日时，他给我买的 Roseonly。

鲜红色的花瓣如同丝绒织就般，肆意地扩张成一朵大花。外面的玻璃小盒子将这朵所谓"永生花"的奇葩罩住，只给人隔着一层雾气赏花的权利。

说实话我很讨厌这种假了吧唧的花，还因此跟他大吵一架，说："你下次能不能买点性价比合适的东西？五百多块一朵花，又这么丑，买来有病啊！"

他说，这个花很有名的，它的宣传标语是"一生只送一个人"，我送给了你，就代表我再也不会喜欢其他人了，就算喜欢也不能送她们玫瑰花，因为每次要送的时候都会想到你。

我被他的一套说辞搞得有点肉麻，索性不再跟他争辩，将这朵不怎么好看的假花扔进背包。他来抱我，我没有挣脱。

他轻声说：如果我们永远都这样就好了。

我低头不语。

最近我们常常不知为何就吵了起来，就像我看到他送我的永生花时第一反应不是惊喜而是嫌弃一样，很多时候，我都会把本来融洽的关系变得糟糕。每次他都会耐着性子来哄我，低头对我说好话，直到我怒气全消，才露出一副如释重负的笑容。

可惜争吵的时刻越来越多，他也渐渐变得不耐烦，从以前我一发脾气就服软认怂，到后来忍无可忍地和我对吵起来。终于，在三天前的某次剧烈争吵后，我抛出那句逢吵必说的"我们分手吧"。他沉默了良久，没有来哄我也没有来抱我，只是平静地说："好。"

我把永生花从箱子中拿出，仔细端详着。它好像还和当初他送我的时候一样，鲜艳明丽，花瓣上依稀可见细小的绒毛。

"怎么会一生只送一个人呢？"我喃喃道，随手将花放在一旁。

永生花的下面是一台拍立得，天蓝色，几乎是全新。

很久以前我就跟他说，我想要一台相机，以后我们出去旅游就可以留下一堆照片。

他一脸不愿意地说，"干吗那么麻烦，用手机照不好吗？"

"不行，手机和相机怎么能一样？"我争辩道。

他没再回话，低头玩弄着手机。

看见他不把我的话当回事的样子，我的脾气突然就又被引爆了，脱口而出："你就是不想送我而已吧，大不了我攒钱自己买。"

他张了张嘴，想说什么，却欲言又止。我顺势挣脱了他的手，却暗自期待着他追上来，再次拉住我，说我的一切要求他都会满足。

可惜他没有那么做，买相机这个想法也和年轻时的许许多多个冲动一样，不知不觉地被我抛在脑后。

大约一个月后，他忽然说，要给我个惊喜。

我闭眼，他转头，从背包里掏出一台天蓝色的拍立得，放在我手上，"对不起乔乔，我现在实在没有钱，很多东西都买不起。这台相机是上个月做兼职的钱攒下来的，等我工作了，再给你买一台更好的。"

我睁开眼看见光滑崭新的拍立得立在自己的手上，惊喜还有愧疚一瞬间都涌了上来，想到自己为了要相机而咄咄逼人的样子，恨不得把头埋进他的胸脯里。

"等下次我们去旅游，我就带上……"我说。

讽刺的是，在拥有拍立得之后，我们还没旅过一次游，就分手了。

这台只拆掉了外包装的拍立得，就这么寂寞地躺到了床下的大纸箱中。它本来应该陪我们走遍祖国的大好河山，肚子里存满我们欢笑或搞怪的照片。但现在，它只能作为一个笨拙的约定，还未被实现就已失去原有的意义。

我正想翻翻看箱子里有没有拍立得的包装或者发票，这样还可以当成全新的卖掉时，一个小首饰盒忽然蹦了出来。

可他好像从未给我买过首饰，我疑惑地想着，打开了小盒子。

一张电话卡，他特意办的情侣卡号，互打免费。

那天他得意洋洋地塞给我这张电话卡，说，"幸好我有个女朋友，不然也占不到这么大的便宜。"

我一面嘎嘣嘎嘣地咬着薯片，一面接过他递来的电话卡，开玩笑地说："你别让中国移动占了便宜就行。"

他傻傻地笑。

因为我手机只能放一张卡，又懒得换掉现在用的这张，所以便把他买的卡小心地放进首饰盒里。他说"没事，反正还有一辈子的时间可以用"。

结果现在还真的是便宜了中国移动。

我发现，我们越不能确定彼此关系的时候，就越喜欢说永久。什么"永远爱你""永远在一起""还有一辈子"，都是自欺欺人的把戏而已。其实早就没了在一起的把握，当初的承诺现在看上去就像一个个巴掌，扇在说了谎话的人们的脸上。

我把永生花、耳机还有电话卡都塞进大大的黑色垃圾袋中，转念一想，这些好像还值不少钱，便又都拿出来，在一张白纸上写上他的住址，预计一会儿等快递小哥来的时候让他顺便寄走。物归原主，省得在我这白白浪费。

相机可以接着用，电话卡可以送给他妈妈，至于那朵"一生只送一个人"的永生花，反正谁也看不出它寿命的消耗，就让它去取悦下一个无可救药陷入爱情中的女孩子吧。

- 3 -

最好的前任就该像死掉一样，顾名思义，前任留下的东西就通通成了遗物。

我一点也不在乎和他分手这件事。

不就是谈了三年的恋爱吗，从高二到大二，一个人最没能耐的那段时间而已。

他也只是个普普通通的男生，不是暖男学霸也不是高冷男神，除了脸长得还算好看，有时候花言巧语说得也很好听外，没有一点符合我对未来男朋友的要求。

我一面咒骂着他孤独终老，一面把纸箱里的东西一样样往外掏。脑子里有个小人问我："为什么不直接扔掉？"另一个小人慢悠悠地说，"留个纪念吧，毕竟是你喜欢过的人"。我一把推开那两个小人，喊道：

"烦死了！我处理一下前任遗物不可以啊？"

最好的前任就该像死掉一样，顾名思义，前任留下的东西就通通成了遗物。

有些东西要扔掉，有些则要彻底毁掉，不能留下一点痕迹。

比如接下来翻到的这些无聊的车票、门票和电影票。都是他用完后随手就丢掉的东西，却被我捡来仔细收藏好，甚至还买了一个相册来存放。

我翻开那本相册，整整齐齐的火车票排列在一起，像坐在教室里的学生。其中两张破破烂烂的蓝色车票格外引人注目，我凑近了看，"丽江"两个字映入眼帘。

丽江，丽江……

那是我们第一次出远门，他为了这次旅行跟我爸妈千保证万保证，绝对不会跟我睡一个房间，他们才肯将我们俩放行。

　　大骗子，我骂道。最后他还是只订了一间房间，一副阴谋得逞的样子说，"怎么可能一块旅行都不住一起啊"。我掐了下他的胳膊，让他别嘚瑟，他连连求饶，退到后面帮我提行李。

　　一天一夜的车程在和他的聊天中很快过去，一下车，我们便直奔景点。他气喘吁吁地拖着我的行李箱，脸上却还挂着笑容，嘱咐我注意安全，别跑丢了。

　　我们一起去了古香古色的古城，去了天蓝色澄澈的湖边。他举着手机帮我拍照，结果只照到了我小小的一个身影，连脸都分辨不出。最后还是请路人帮我们拍了一张合影，作为来过这里的证据。

　　那天空气很清新，没有一点杂质。对着山谷，他大声说，"我们以后要把全中国都转遍！"

　　我心花怒放，拉着他的手，在蓝天白云下挥啊挥，地上的鸟受了惊，扑棱起翅膀飞向天空。

　　那一瞬间我觉得，时光就这样停在此时此刻也好。管它什么考研和工作，我只想和喜欢的人住在喜欢的地方，过一辈子简简单单却充满爱的生活。

　　晚上回到宾馆，两个人早已筋疲力尽，没了干任何事的欲望。

　　我将他裤兜里揉成一团的火车票掏出来，旅行结束后，郑重地收入相册中。他说，"不就是一张纸吗，干吗非要留着？"

　　我没吭声，心想：这些都是我最宝贵的回忆，等以后我们老得哪也去不了了，就躺在摇椅上翻车票翻照片玩。他这么马虎的人，到时候肯定忘了自己都来过这些地方，我不帮他存下来的话，他就自个想破脑袋去吧。

　　可现在我们分手了，这些车票和门票也失去了原先的价值，除了会让我徒增伤心外，没有一点好处。

电影票就更没有留下来的价值了。和他在一起之后，我比平时多看了三倍的烂片，只要是院线上的热门电影，我们几乎都会去看。

演员老得皱纹都遮不住的校园片。

全程尖叫没有一点剧情的恐怖片。

段子老套笑点尴尬的喜剧。

我满脸厌恶地往后翻。

相册最后是两张高考准考证。两张巨丑无比的照片并排摆在相册里，背面印着高考时间表。已经想不起来我们高考那天究竟下没下雨了，只记得，每场考试结束后，我们都会一起去食堂吃饭。我是死活也不肯对答案的人，他正好不会在我面前提考试，而是不停地说着我们高考之后的计划。

他说，要和我报同一所大学，不行的话就报我在的城市，反正要在一个小时之内可以赶到我身边。

我说，"为什么呀？"

他说，"因为你爱生气啊，要是我不能马上抱住你，我就会担心你不要我了。"

我听了后，一面心中欢喜，一面将餐盘中的肥肉往他的盘子里夹。

最后一科结束后，整个教学楼都长舒一口气。他第一时间出现在我所在考场的楼梯口，给刚刚出考场的我一个巨大的拥抱。

我仔细端详着那两张照片，我的刘海被暴力地掀到一边，露出额头。他的脸上还有很多痘痘，校服领子也没有整理好，就被拉着去照了这张，我们高中时期最后的证件照。

"太丑了，太丑了……"我忍不住感慨道，"我当时怎么这么丑啊？"

　　然而，就是这么丑、这么穷、这么臭脾气的我，还能被人喜欢的话，那这个人，大概是真的很喜欢我吧。我没敢接着想下去，我怕一不小心，就会怀念起他来。

- 4 -

小时候得不到的东西，会记住一辈子。那么，你，也是我年少时期不可得之物吗？

　　再往下翻就是高中时光了，我心头一紧，预感到会有什么特别的物品出现，可怎么想也想不起来他在高中时送过我什么。我带着好奇往下翻去，直到一只戴着红围巾、颜色过于饱和的恐龙玩偶出现在我眼前。

　　像是触动了某种开关，关于这只恐龙的来由，我和他的故事，还有各种细枝末节都通通被回忆起来。

　　那是我们第一次约会，我提前两个小时就开始翻箱倒柜，试图从不多的衣服里，挑一件最好看的出来。我妈问我去干吗，我轻描淡写地说，"跟同学出去玩。"我妈说，"挺好，多出去转转，别一到周末就闷在家里。"

　　最后我挑了一件蓝底白点的连衣裙，背一只米色单肩包，还特意在马尾上别了一只浅蓝色的蝴蝶结。

　　来到约定的地点，他冲我招了招手，等我跑过去时，他一脸欣喜地说，"第一次见到没穿校服的你，真好看。"

我害羞地低下头，任由前额的发丝挡住脸颊。

他自然地拉住我的手就往商场里走，我先是紧张地缩了一下手，眼神向四周打量着，他笑道，"这里又不是学校，不会有老师把你抓走的。"

我心里松下一口气，也拉住他的手，和他并肩走在一起。

本来只是普普通通的一个商场，可和他一起逛，就好像被重新装修过一样，每一个店铺都吸引着我的眼睛。我拉着他看玩具，试衣服，照大头贴……每当回头看他的时候，却发现，他的目光都在我的身上。

一路上看到什么好吃的我也都忍不住要买下来，还没开始吃饭，冷锅串串、鸡蛋仔、木糠布丁还有奶油冰淇淋就纷纷进了我的肚子。

他惊诧地说，"我以为女生都只吃一点点的，没想到你胃口这么好。"

我说，"那你是不了解女生。"

吃过饭后，我们看了两个人在一起之后的第一场烂片。

现在回想起来，那场电影真的是太烂了，一眼就能看到结局的校园爱情故事，我们却都兴致浓厚地盯着屏幕看了下去。看到设计粗糙却和我们有些相像的情节时，他还会握住我的手，和我相视一笑。

大概这些烂片都是给恋爱中的少男少女们的特供吧，那些敏感又浪漫的心灵，总能从蛛丝马迹中，找到爱情相似的地方。

本来打算看完电影就各回各家，可是从电影院一出来，一排粉色带暖黄灯光的抓娃娃机就夺去了我的注意。

我满怀期待地看了他一眼，他去充了二十个游戏币，放到我的手里。

于是，在一台抓娃娃机前，我们夹出了这只很丑很丑的恐龙玩偶。

它全身墨绿色，戴着一条红围巾，属于放在地摊上也没人会买的那种玩具。

可当时的我还是非常激动非常开心，因为在此之前我从没在娃娃机里夹出过东西。我觉得，这一定是他带来的魔力，让一个从未被好运光顾过的人，忽然之间得到了世间所有青睐。

"这么丑的东西必须扔啊。"我举着这只小恐龙，自言自语道。"下面是什么呢？"

一条白色纱裙。

无意间和他说过，我小时候一直很想要一条白裙子，可我妈总以"贵""不好洗"为由拒绝我的请求。

有一天妹妹穿着一条白色纱裙回家，裙摆蓬蓬像公主一样。我妈在一旁不断地夸她漂亮，我冲出来说"明明是我一直想要白裙子的"。

我妈惊讶了一下，说她记错了，以为是妹妹要的。转头又说，"你都这么大了，以后也穿不到这种小裙子了。"

我没说话，关上了房间的门，躲在被子里哭了好久，直到哭得忘记了那条裙子的样子。

他听了这些，笑我幼稚，小时候的事居然记得那么清楚。

我生气地瞪了他一眼，"当然会记得。你不知道吗，小时候得不到的东西，会记住一辈子的。"

我以为这件事只是一个小插曲，直到十六岁生日，他神秘兮兮地掏出一个礼盒给我。

我打开盒子，白色的网纱像是憋不住般，从盒子里露了出来。

他送我了一条白裙子。

216

"乔乔，我想填补你所有的遗憾。不管是快乐的还是悲伤的回忆，都想听你和我说。虽然我缺席了你人生中的前十六年，但后面的十六年、三十二年、六十四年我都会和你一直在一起。"

我感动得说不出话来，只能死死地抱住他，任由眼泪落到他的肩上。

他絮絮叨叨地讲道，没想到这种裙子这么难买，售货员都说是童装，最后还是在一家婚纱店买的。

我说："婚纱只能穿一次的。"

他说："没事，反正你也是跟我结婚。"

我从卧室的地面上站起来，拿起这条白裙子在身上比划了一下，大小还可以。如果我不长太胖的话，结婚的时候真的也可以穿。

可是，我和谁结婚呢？

我将白裙子揉成一团，连同那个巨丑无比的恐龙玩偶一起扔进垃圾袋里。

小时候得不到的东西，会记住一辈子。那么，你，也是我年少时期不可得之物吗？

= 5 =

反正分手了总要痛痛快快地哭一次，哭完了，那些矫情和造作的自己就都成了过去式。

翻到最下面一层时，我的眼泪毫无征兆地流了下来。

箱子的最下面，是我们还没在一起时，他给我写的一张张纸条。

它们被我一张张地压平了塞进试卷夹里，一打开，各种大大小小又五颜六色的纸条便都涌了出来。

答题卡上、试卷一角、没撕齐的笔记本、印着学校名字的作业本上……

写得满满当当的、图文并茂的、只言片语的……

什么样的纸条都有。要不是打开了这个试卷夹，我都不知道自己高中时期有那么多废话。

那时我们才上高二，日子过得很慢，每天都像是在重复。太阳升了又落，白云从窗户这头飘到那头，成群的大雁有时会掠过教学楼，引得窗内的人纷纷侧目去看。

我常常在物理老师带着方言的公式中进入梦乡，他那时候坐我后面，负责在老师提到我时把我捅醒。

我感激着他的叫醒之恩，每次课间买了零食，都要问他一遍吃不吃。结果这样奢靡享乐的生活马上遭到了报应，期中考试，我的物理没及格。

出成绩那天我呆呆地盯着成绩单看了好久，他塞给我一张纸条，然后消失在门后。

我吓了一跳，想问他话，可已经找不到他的身影。我的心怦怦直跳，连忙把纸条塞进口袋里，像是揣了一个别人都没有的大秘密般，紧张而激动。

回宿舍后，等所有人都开始睡午觉，我才敢展开那张他给我的纸条。

你好啊，乔乔，第一次用这种方式跟你说话，因为平时一直找不到机会和你聊天，又怕你不愿意和我聊。

我总是坐在你后面，看你上课、自习、偷吃零食或是睡觉。可以说这是我第一次这么认真地观察一个女孩子吧，总觉得你很可爱，无论是认真还是偷懒的样子，都让人看了忍不住地高兴。

但后来我发现，你并不是时刻像你表现得那么开心的。你会为了一点点小事而纠结苦恼，也会为了考试成绩而伤心郁闷。这些小情绪也许别人很少察觉得到，但却被离得近的我看见，所以总想着怎么能让你更快乐一点。

不知道在你心里，我有没有占据一些位置。没有也可以，但是从今天起，我想走进你的世界。不想只做在你被点名时将你叫醒的男同学，想成为你可以依靠和倾诉的朋友。

以后少睡觉，多听课。如果物理上有什么不懂的，问我也可以。

这是情书吗？我思索着，好像是，也好像不是，他并没有说喜欢我。我珍重地将纸条抚平，放进一个空试卷夹里，在胡思乱想中度过了一个冗长的午休。

后来，这个傻子每天都要在我水杯下面压一张纸条。

"你喜欢听谁的歌呢？我最近很喜欢民谣，可惜不会弹吉他，否则好想现在就浪迹天涯。"

"乔乔，乔乔，这个名字真傻。你还有个妹妹啊，那你妹妹叫什么？"

"今天做完了一套卷子，如果高考也有这么简单就好了。"

"乔乔，做我女朋友吧。"

我坐在卧室的地板上，对着空气挤出一个难看的笑，说，我才不做呢。因为做了你的女朋友，我就得恨你了。

我一直以为分手后的我是恨着他的，可说出那句话后，我才发现，我已经不恨了。

我无法去恨当初我们互相喜欢的日子，无法否认在这段青春岁月里，他扮演着多么重要的角色。

一不小心，花花绿绿的纸条撒了一地。我连忙扫起来，连着那些车票和电影票，一起装进大大的垃圾袋。

提着这些"垃圾"下楼时，我有些一晃多年的感觉，就好像这三年的青春，轻得只剩下这些小玩意一样。

在空地上，我将纸条和车票们一股脑倒了出来，掏出兜里的打火机，轻松地点燃了其中一张。火势立马蔓延到所有的纸上，在明亮的火焰和焦糊的气味中，我一面心如刀绞，一面又如释重负，告诉自己，"烧完了，就全都忘了吧"。

一缕白烟袅袅上升，我和他的身影在烟雾中若隐若现，最后化为虚无。

我被这该死的烟熏得直咳嗽，开始还不住地揉眼睛，后来索性就让眼泪顺着脸颊流下来。反正分手了总要痛痛快快地哭一次，哭完了，那些矫情和造作的自己就都成了过去式。哭完了，擦干眼泪再洗干净脸，明天又是崭新的一天。

- 6 -

是否每一段感情，都是在不知不觉间失去的。

是否每一段感情，都是在不知不觉间失去的。

　　已经想不起我们为何而吵架，为何逐渐生疏，为何闹得决裂，然后毅然决然地决定分道扬镳。只记得在许多个为他而哭泣的无眠的夜晚，默默地决定了彼此以后要走上不同的路。

　　如果不曾发现这只箱子，我还不知道，他送过我这么多东西。我们之间居然有过那么多，现在想起来还是很怀念的故事。

　　记得在网上看见过一条微博，男生说，分手后，她留下一件背心和一只袜子，被他剪成了手绳，带在身边，现在已经没有她的味道了。

　　真是具有纪念意义的遗物处理啊，可惜像我这样的人，一丁点和过去有关的东西都不愿意留下。

　　我不想承认的是，我之所以这么在乎他送给自己的东西，恨不得全都清除，不留一点痕迹，归根结底还是因为，我还会想他。

　　高考结束后，他如约和我填了同一所城市，一个小时之内就可以赶到我的学校。很多次和他吵架将他所有联系方式都拉黑时，他便搭上最近的一班公交车来到我的宿舍楼下，说"乔乔，不要生气了，我来找你了。"

　　我们每周会在这所城市的一个地方见面，有时去吃好吃的，有时去看展览。这座城市的每一个角落几乎都和他有关，我们手牵着手压过无数条马路，在数不清的奶茶店门口一起喝过同一杯饮料。

　　我们曾经那么努力地想要和对方在一起，包括应付老师和家长，改变高考志愿，还有为对方去改变自己的脾气。可是在某个小小的岔路口，我们还是分开了。

　　刚分手时，我对着朋友破口大骂他的种种不堪，诅咒他离开我之后再也找不到真爱。而现在，回想起这段感情时，我只能带着遗憾地笑笑，学着说"没关系"而不是"我想你"。

我想，你再也不用为了哄一个人搭半夜的公交车来城市的这头了。

再也不用陪她去看不计其数的烂片了。

再也不用瞒着老师和家长，和她偷偷摸摸地谈恋爱了。

再也不会给一个人写整整一学期的纸条了。

不知不觉间，整只纸箱已经被我掏空，像是被吃掉了肉的蟹壳，孤零零地躺在那里。

我站起来，伸展了一下身体。

真好啊，前任的遗物都收拾干净了，该扔的扔该还的还，该烧掉的，已经熏哭过眼睛了。

整个房间里只剩下一地的灰尘，不再起泡的啤酒，和脸上依旧挂着泪痕的我。

这满满一纸箱的爱和青春，从此便和他一样，只存在于回忆里了。

我会尽快忘记你的。

我写给你的最后一封信

每当你在人生中的重要选择前想起我，

最后笑着说，"果然和你商量是最明智的选择"时，

我都像是武林小说中被击中了命门般无能为力。

- 11 -

我不喜欢你了，这次是真的。

我不喜欢你了，这次是真的。

回国的前一天收到你的邮件，问我这些年在洛杉矶过的怎样，是否习惯那里的饮食，学校的同学都好相处吗，能不能买到最便宜的包包……洋洋洒洒一大片字，似乎要把这三年的问候全都补完一样。

我的心中隐约有种不好的预感，鼠标向下拖动，果真，邮件的真正主题才不是庆祝我留学归来。

"莫瑶，听说你一直没谈恋爱，其实我也刚刚分手。"你说，"得知你要回国之后，我想起来很多我们以前的事。"

我们的父母都是同事，住在一个家属院里，算是从小就认识。在大人们的饭桌上，我以早出生两个月的先天优势，让你不情愿地叫我一声"姐姐"。

小时候的交集也就到此为止，直到高中，我们才考到同一所学校。

我在脑海中搜索你的模样，白净的脸颊，总是很整齐的制服，头发上有好闻的香波气味，是那些年的校园里最引人注目的少年。

而我，平凡又不起眼，以朋友的身份悄悄喜欢了你很多年。

"莫瑶，说来好笑，你离开之后我才发现，你对我来说还是很重要。"

我反复摩挲着鼠标的滚轮，揣摩你字里行间的含义。沈家豪啊沈家豪，你总能让我瞬间惊慌失措。

邮件的最后是一个问句。

"你还喜欢我吗？"

= 2 =

同学们都以为我爱听这种内容无趣的演讲，其实我只是试图在像素般大小的身影中看清你的脸。

高中的所有朋友都知道，沈家豪和莫瑶是好朋友。

我们的高中坐落于一个偏远的郊区，每月放一次假，据说是学习某水中学，有利于提高学习效率。

由于我们两家住的近，你爸爸执意要让我坐你家的车往返。

虽然从小就认识，但两个人同处在这样的密闭空间里，还是第一次。

我本以为你还是小时候那个瘦小模样，没想到男生成长起来，变化一点不比女生小。

你的个子长高了，喉结也凸显出来，嘴巴上有胡须生长过的痕迹。

我们坐在后座的两侧，中间放两个人的书包，我侧过头去悄悄看你，不敢相信这就是以前那个扭过脸叫"姐姐"的小男孩。

你爸爸一边开车，一边和我们聊着天，说真好，在一个学校可以互相照应。

我们两个都没有应答，气氛有些尴尬，抵达学校后，我道了声"谢谢"便拿起行李朝女生宿舍楼走去。

开学后，身边的一切都是陌生的，我自然而然地关注起与我一同而来的你的消息。

你的班级在我楼下，平日里没有多少见面机会，只是月考后可以在班级门口看见张贴了你照片的红榜。

你当选了学生会副会长，时不时要上台发言。晨会时，大多数人都低头拨弄着脚下的橡胶粒，或者琢磨着散会之后怎么跑到食堂更快，少有人会真的听你准备一周的讲话。

一回生二回熟，渐渐地，我们之间话变得多起来。

抱怨唠唠叨叨的年级主任，越来越多的作业和学校里条条框框的规章制度，有时候也拿着刚刚考完的试卷凑在一起对答案。

偶然发现你的理科很好，三言两语就能讲清楚我一个星期都搞不懂的问题，我暗自对你心生崇拜，并计划着找机会向你问问题。

我在文具店里精挑细选，买了一个棕色封皮的本子。

因为我们的教室不在同一层楼，我在本子上抄好问题，然后趁每天下楼做操的时候递给你。

你在晚餐时间上楼将本子还给我时，里面便写好了解题步骤。

不知不觉间，在这个本子上，除了互相解题之外，也会写下一些各自班级里发生的事，问题本渐渐变成了书信集。

而我就是在这些互通书信的日子里，对你的感觉产生了微妙的变化。越来越期待收到你写的信，期待能在不大的校园里偶遇到你，更期待每个月一同坐车的相处时间。

路过你的班级所在的楼层时，我总会放慢脚步，虽然很少因此而遇到你。

你上台发言时，我会从人群中抬起头来认真地听，结束后大力地鼓掌。同学们都以为我爱听这种内容无趣的演讲，其实我只是试图在像素般大小的身影中看清你的脸。

年级里张贴期中考试前二百名，我会仔细地在其中寻找你的名字，然后默默感叹自己和你的差距。

你优秀、阳光、充满自信，身边总围绕着一同说笑的同学；而我平凡又内向，唯一值得庆幸的事情就是做了你的朋友。

你拿着本子出现在我的班级门口，像是秘密交接般，递到我手里然后离开。我故作镇定地穿过同学们的起哄，看似习以为常，实则无比激动。

我本以为自己可以这样细水长流地暗恋下去。

直到有一天。

你送来的本子上写了满满两页纸，像是忍不住要飞出笼子的白鸽，字里行间难掩欣喜而又踌躇不决的情绪。

"我好像喜欢上了一个女生。"

- 3 -

对我而言，高中的全部记忆，就是做不出的习题和得不到的你。

你向我吐诉她的温柔，说她是你遇到的最完美的女孩。

我看着你一笔一画写下的文字，如此熟悉的字体，组合起来却格外陌生。这种感觉就好像，小时候在商店橱窗看了无数次的洋娃娃，还没攒够钱，就突然被别人买走了。

但我还是故作轻快地写道，"行啊你，终于'长大'了，如实招

227

来，你们怎么认识的？"

本子再次传到我手上时，又是满满的两页，故事的女主角是她。

我不知该高兴还是难过：高兴的是你能够信任我，将如此重要的秘密都和我分享；难过的是，我离你如此之近，却只能做那个听故事的人。

你说你正在为暗恋而苦恼，面对她的时候紧张得说不出话来，又在她看不见的角落里期待着她的消息。

暗恋的滋味很不好受，我比你更明白。

呆呆地看着你写来的信，我许久没有下笔，不知道该如何回复你。

手中握着的笔就像发烫的铁棍一样，无法写出想要表达的东西。

"喜欢的话，就去大胆地追求吧。"斟酌了很久后，我写下这么一句话，然后长舒一口气，合上了本子。

我用了好几次才写完这封信，第二天，到你的班级门口，将它交还给你。

明明我自己才是没有勇气坦白的人，却在信中劝你对喜欢的人袒露心扉，帮你分析女孩子的各种心理，这算不算是一种自讨苦吃？

可是，即使是苦的果子，只要是你递过来的，我都愿意咬下去。

那天之后，连着一周没有收到你的来信。

我担心你表白被拒，过于伤心，连信都不想再写，于是决定趁大课间去找你。

下楼梯后刚刚转过身，就看见了你的身影，旁边有另一个身材娇小的女生。你们在门外并肩谈得正欢，我忽然很想逃离这个地方，这时你发现了一旁的我，朝我挥了挥手。

我第一次见你这么开心，望向她的眼神中都发着光。

莫瑶，还没给你介绍过，这是我女朋友，你说着，又转过头。

这是莫瑶，我家邻居。

站在你身边的女孩灿烂地笑着。

我忘记了那天是如何离开的，或者说我忘记了从你说出那句话后的一切，脑海里只是重复着两句话：你有女朋友了，我们只是邻居。

你和那个女孩站在一起时，阳光正好均匀地洒在你们身上，身影边缘几乎要发起光来，就像那些最让人羡慕的俊男美女的组合。我在阴影处看着这一切，难过得想要哭出来。

离开后，我决定把我的秘密埋在心底。

不再和你写信，不再刻意经过你的楼层，一个人对抗那些难懂的理科题，在校园里偶然看见你，视线也会匆匆躲避。

唯一不变的是和你一起放假回家，坐在后排的两侧，中间放两只书包。

只有这个时候，我可以连续一个小时都和你待在一起，不再聊些什么，看着各自的窗外，或者共用一个耳机听歌，歌词总是模模糊糊，听不真切。

你是好学生，不敢被老师和父母发现谈恋爱的事，所以我也从不跟你提及。

你爸爸用开玩笑的语气问我，沈家豪有没有在学校搞对象啊？

我说，他那么呆，怎么会有女生和他谈恋爱。

你对我使了一个感激的眼色，我心里只有苦笑。

就在我以为我们之间到此为止的时候，你又毫无征兆地出现在我的班级门口，将那个棕色封皮的笔记本递给我。

我怔怔地接过，心里却有不好的预感。

打开，你先是谢过我在车上替你掩护之恩，然后便步入正题。

你说你和女朋友吵架，现在在冷战，不知道该怎么办。

本子上的字迹有些潦草，想必是你过于着急，在课堂上匆匆忙忙写下了这封给我的信。

毫无恋爱经验的我只好硬着头皮写信开导你，以女生的角度给你提供建议。

沈家豪，在你谈恋爱期间，我俨然成了半个情感专家。

我期待收到你的信，同时也最害怕收到你的信，害怕看到你伤心难过而我却束手无策。

有时，你也会约我单独聊天，随意说些近况和未来的打算，对我倾诉爱情的苦闷。

我知道你是有事钟无艳，无事夏迎春，开心时有心爱的人分享，难过时才会想起我的存在。

可每次看到你在爱情中焦急的模样，又会不自觉地想去帮你。

"多谢你了，莫瑶。"你总是这么说，"找你商量真是一个明智的选择。"

毕竟像我这样随叫随到，适时地发表自己的看法，并且推心置腹来帮助你的"朋友"，大概没有几个。越来越紧张的学业使大家变得冷漠起来，连吃饭都要快步走去食堂。

面对你的称赞，我从来都不敢接受。

你不知道的是，我也正被沉重的学习压力压得喘不过气，在班级的中下游徘徊，每次看到教学楼里张贴的年级排名，都有一种满满的无助感；想到无比优秀的你和你身边的女孩，常常会觉得无地自容。

对我而言，高中的全部记忆，就是做不出的习题和得不到的你。

- 4 -

哪里有心甘情愿的付出呢？说到底，我之所以能够做这么多，还不是因为喜欢你。

高三地狱般地复习了一年后，我依旧没能和你考到一个学校，尽管这个成绩已经让爸妈很满意。

填志愿时，我有意选择了你要念的经济管理专业，我想这样，即使不在同一所大学，也可以和你保持共同话题。

你读书的城市离我有一千多公里，和你的女友也隔着五百公里，可以说我们都陷入了异地恋。

你的 QQ 头像在我的单独分组里，每当它跳动时，我都会放下手头的一切，一心一意地回你的消息。

有时我也会拍下来作业向你求助，你和高中时一样，总能迅速地算出答案，将过程写在纸上拍下来发给我。

当然，更多的时候，我还是作为你的"恋爱咨询师"，倾听着你在爱情中的苦恼，细致分析，为了你的一句"谢谢"不顾一切。

有一次，你因为女友闹矛盾睡不着，夜里十一点钟突然给我发来消息。

彼时我正赶一篇论文，却对你说了"有空"，随后与你漫无边际地一直聊了很久。

你喝了酒，左一句右一句，从高中时期一直聊到现在。

我不知怎么安慰你，只能安静地听着你诉说，也许这是我唯一的优点，总能陪伴在你身边。

天边亮起微微的曙光时，你的酒醒了好多，有些愧疚地说对不起，耽误了你好长时间。

我轻描淡写地回道，没事，我第二天没课。然后继续通宵赶论文。

大二上学期，你和高中女同学分手。

虽然这么说不好，但我非常非常开心。

寒假回家，我们自然而然地约出来见面。

我穿着厚厚的风衣，裹一条印花围巾，双手插进口袋里，和你沿着刚下过雪的街道漫无目的地走。

因为春节的关系，路边十家店有九家都关了门，空气中弥漫着刚刚放过鞭炮后的二氧化硫气味，地面上也全是红色的碎屑，在白雪的映照下显得格外鲜艳。

你的神色有几分疲惫，闭口不谈分手的事。我也没有多问，和你聊着校园生活。

呐，下学期课程紧吗？我们课表都排满了，连晚上也不放过，我说。

还好，大三应该就没这么多课了。你依旧眉头紧锁。

我绞尽脑汁找着话题，想让你高兴一点。

你还记得高中时的教导主任吗，经常乱引用诗词，中秋节的时候还让大家"月上柳梢头，相约黄昏后"。

你终于没绷住，笑了出来。

这你还记得啊。你说，我以为大家都不听这种讲话的。

反正无聊嘛，连你的讲话我都听。

气氛变得放松起来。

你打算考研吗？我问。

你想了想，说，我觉得出国比较合适，趁着年轻，多见一下世面。

我讷讷地点着头，那你想去哪？

美国吧。你突然像想起了什么一样，说，对了，你专业好像和我一样，那你也可以考虑一下出国，回来再找工作会很有竞争力的。

嗯？

你兴致勃勃地向我科普起留学的步骤。

我看着你两眼间重放光芒的样子，好像又回到了高中，你总是这么自信满满，对未来有周密的计划。

我们回到家门口时，门前的积雪还没有化，不知谁家窗口飘来炒辣椒的气味。

莫瑶，多谢你了。你忽然认真地看着我。

怎么突然这么说？我问。

每次和你聊天，都能解开很多心结，感觉你真的很懂我，有时候比我的女朋友还要……

我的手心一下子冒起汗来，害怕被你戳穿我一直以来的秘密。

哪里有心甘情愿的付出呢？说到底，我之所以能够做这么多，还不是因为喜欢你。

我假装没听见，心里却隐隐期待着些什么。

你很有默契地没有再说下去。

- 5 -

暗恋就像突然吃了一大口芥末，泪流满面却无法开口。

沈家豪沈家豪沈家豪。

回到家后，我在草稿纸上疯狂地写你的名字。

也许，等到这场雪化完你就会喜欢上我。

也许，等到你的心情好起来后，你就会喜欢上我。

也许，等这根笔芯里的墨水全都变成你的名字，你就会喜欢上我。

我感觉自己像个傻瓜，明明刚才就可以向你表露心意。我不断埋怨着自己当时为什么没有接着问下去，问你是不是对我有那么一点不一样的感觉。

我想你应该也发现了，我喜欢你这件事，可你为什么不说呢？

这是我生命中最长的一个寒假，我几乎每天都想冲到你家楼下，大声喊"沈家豪我喜欢你"，几乎每天都想要拉住你，叫你给这四年多的暗恋一个结果。

从高一到大二，你的一切我都了如指掌。我始终在离你最近的地方，只要你需要，我便马上赶到。

寒假后开学离家前一天，为了不留遗憾，我约你出来吃饭。

小小的居酒屋里，灯光有些昏暗，烘托出一种朦朦胧胧的气氛。我坐在你对面，仍然看不清楚你的脸。

在喝了无数口柠檬水后，我终于开口问道。

沈家豪，你现在有喜欢的人吗？

还没有啊。你说，怎么，你喜欢上谁了吗？

不，不是。我连忙否认。

你细心地把芥末和醋挤到小碟里递给我，我接过，心不在焉地拿起寿司在其中滚了一圈后放进嘴里。

你本想制止住我，但为时已晚。

五秒后，芥末的辛辣味道猛地在鼻腔和口中蔓延。

暗恋就像突然吃了一大口芥末，泪流满面却无法开口。

莫瑶，你没事吧？你问。

我一把眼泪一把鼻涕地摆摆手。

还要不要继续向你表明心意呢？我犹豫着。刚才也太过出糗了，可如果不表白的话，又浪费了这最好的机会。

在犹豫不决中，我们吃完了开学前的最后一顿饭，我暗骂着自己没用。

可能因为心里一直纠结着这件事，走出餐厅时，我脚下一滑，眼看着就要摔倒。

就在这时，你及时地蹲下来并且抓住了我，我的上半身稳稳地落在你膝盖上。你的掌心温暖而干燥，握着我有些冰凉的右手，像是照进雪地里的阳光。

突如其来的肢体接触让我更加难过。

沈家豪，要不然，我们在一起吧。我说。

- 6 -

我就像是一座灯塔，看着你潮涨潮落，送走旧的旅人，迎来新的船帆。

在楼下告别你后，我的耳边仍然久久回荡着你的声音。

"莫瑶，我知道这些年你一直陪在我身边，无论我是恋爱还是单身。"

"我对你的感情虽然不是爱情，但比爱情还要坚固。"

"我不想失去你这么一个好朋友。"

"我们就这样好吗？"

我知道你不愿意失去我这个朋友，可是，做你的朋友太难了。

作为你最好的朋友，你向我倾诉恋爱的苦恼，讨论生活中的点点滴滴，但也只是到此为止。我不是你生命中的女主角，再努力也摘不下身上紧贴着的"朋友"身份。

每当看到你为感情而难过的时候，我多想说你还有我啊。我就像是一座灯塔，看着你潮涨潮落，送走旧的旅人，迎来新的船帆。

但我仍坚持不懈地站在原地，等到千帆落尽，也许你会看到身旁的我。

整个大三，我忙着刷托福分数，找老师写推荐信。

你和我依然维持着微妙的关系，常常煲很久的电话粥，节日的时候也会礼貌地互赠礼物。

身边的朋友们总是打趣，问我们什么时候在一起，只有我知道，我们只是"朋友"。

留学准备阶段，你热心地帮我校对申请表，参谋报考学校。

我申请了和你一样的大学，在洛杉矶。你说以我的成绩可能会有风险，我说没事，我想试一试。

这是我给自己最后的挑战，我告诉自己，如果能和你到同一所学校，我就继续喜欢你。

后来我才知道什么叫计划赶不上变化。

大四上学期快要结束时，你忽然有了新的女朋友。据你说，从见面到确认关系不超过 48 小时。

我以为你只是玩玩罢了，毕竟大四是分手季，只有突然分开的，没有突然相恋的。

但你说，这次你是认真的。

我不知道是什么样的一个人，能让你如此动心。但我知道，她一定比我更好。

好友圈里流传着你们的故事，称你们是天造地设，一见钟情，为对方抛弃了许多事情。

她的成绩一般，家里也不支持出国，于是你打算放弃留学计划，帮她找工作，两个人一起在这个城市奋斗，等攒够了钱就结婚。

沈家豪，你不是开玩笑吧？我找到你，着急地问道。

我说过了我是认真的，我真的喜欢她，我会对她负责的。

那你把准备那么久的留学放弃了，你爸不会骂死你么？

我已经想好了，以我的能力，本科就可以找得到养活自己的工作，等和她稳定下来，还是可以读在职研究生的。

你说这话时，一脸的坚定无畏。我又想起那个高中时期在台上演讲的少年，那个照片被贴在班级门外红榜的少年，那个在阳光下边缘都微微发着光的少年。许许多多个少年的剪影重叠在一起，变成现在的你，成熟稳重，甚至即将要担负一个家的责任。

真好，我说，祝贺你。

这次我真的要放弃你了。

- 7 -

有些事情不是一成不变的，比如小狗变成大狗，小熊变成
大熊，"我喜欢你"变成了"我曾经喜欢你"。

飞机穿过厚厚的云层，城市瞬间变得袖珍起来，从上向下看，仿佛小孩手中的玩具。

洛杉矶的大学申请通过了，我依旧决定去美国读书，虽然你不可能再出现在我身边。

想想很可笑，为你而选择的学校，却将你我的距离拉得更远。

离开家乡那天，你沉浸在爱情的喜悦中，没注意到我已经身处一万米之上的云端。

这样也好，见不到你，也许就不会那么难过。

我在太平洋另一岸，打着时差的借口，不再用 QQ 和国内的朋友们聊天，其实是为了躲开你的消息。

你知道，我无法拒绝你的请求。

每当你在人生中的重要选择前想起我，最后笑着说，"果然和你商量是最明智的选择"时，我都像是武林小说中被击中了命门般无能为力。

我曾经无数次地假设过，如果我不喜欢你，我们会不会更好？

你是我最仰仗的邻家男孩，我是你最贴心的青梅竹马。

我们每天都给对方写信，聊梦想，聊未来，唯独不聊爱。

收到你的邮件后，这些年的一幕幕又出现在眼前。

为你努力学习，为你出谋划策，为你远走他乡。

在笔记本上给你写下长长的信，看着你身边的女孩来了又走。

沈家豪，我曾经的确非常非常喜欢你，喜欢到甘愿放弃自己的喜欢，喜欢到卑微至尘埃里去，只希望你能够开心。

但这些对你的好，是会消磨光的。

刚到洛杉矶时，我十分难受，好像生命中最重要的东西忽然被抽走一样，时不时地就会坠入对你的思念。

但渐渐地，我结识了新的朋友，开始了新的生活。斩断和过去的一切联系后，想起你的时刻也就越来越少。

直到有一天我发现，我已经不喜欢你了。我不想再去了解你的近况，知道是谁陪伴在你的身边；我不想再走近你的生活，不想考虑自己应当扮演一个什么角色；我也不想再被你喜欢，在你的故事中多添一笔荒诞喜剧。

如果说在美国的三年教会了我什么的话，那就是：没有谁注定喜欢谁一辈子，没有谁会等谁一辈子。

我并不如你所说的那么完美，我对你的温柔和耐心是因为喜欢，而不是因为我是一个不计一切的绝世好友。

我也十分自私，十分固执，十分认定你会被我的真诚所打动。

但你没有。

你只是，在我离开之后，才意识到，有个人一直在无条件地对你好。

已经太晚了。

如果三年前你问我，愿不愿意做你的女朋友，我一定尖叫着跳起来，扑进你的怀里，带着抱怨的语气，对你诉说这些年来的苦尽甘来。

但现在，我只能告诉你，有些事情不是一成不变的，比如小狗变成大狗，小熊变成大熊，"我喜欢你"变成了"我曾经喜欢你"。

我在回国的飞机上给你写下这最后一封信，落地便发送。

沈家豪，我们到此为止吧。

婚礼大作战

///

你不知道，自己会怒发冲冠掀桌而起，

成为同学群里第二天的头条新闻，

还是会哭得像条狗一样，躲在角落里吃眼泪味的喜糖。

你不知道，前任的新娘长什么模样。

比自己难看，你会大骂前任没有眼光，抛下西瓜捡了芝麻；

比自己好看，你又会自惭形秽，恨不得从未出现在现场。

- 1 -

每个人都有一个不能提的名字。

　　每个人都有一个不能提的名字，虽然随着时间的推移，过往的记忆都会被埋上厚厚的尘土，甚至在原地盖起高楼。但这个名字就像埋在地底的一颗炸弹一样，一旦引爆，建在上面的摩天大厦就会轰然坍塌。

　　而我的炸弹引爆在和高中同学豆子的聚会上。

　　本来老同学见面，吃吃喝喝再一块逛街挺高兴的，直到豆子说了那句话——

　　诶，周末你去不去张扬的婚礼啊？

　　谁？听到这个名字，我身上好像有一阵电流通过。

　　张扬啊，你忘了他啦？

　　我怎么会忘？这个贯穿了我高中两年大学四年的名字，忘记他就等于忘记了全部青春。

　　他要结婚了？我能感觉到自己声音的颤抖。

　　是啊，就这周六。豆子说完，才恍然大悟般捂住嘴，他没通知你吗？对不起啊……

　　我懂了，张扬通知了高中全班，唯独没有通知我他要结婚的消息。

　　不就是因为我和他谈过恋爱吗，给我这么个特殊关照，怕我坏了他们的兴致不成？我越想越气，恨不得现在就把他揪过来质问。

　　豆子小心翼翼地说：小果儿你别在意，现在婚礼很多都不请……

前任吧。

我们和平分手，凭什么我就不能去他婚礼？

豆子一脸尴尬：据我所知，你们分手并不和平，你在朋友圈骂了他一个星期对吧？把他睡觉磨牙说梦话、袜子内裤一块洗都公之于众，他心里肯定不高兴。

我说的都是真话，刚分手还不允许发泄发泄情绪吗？

豆子又说，那你们分手之后，你叫搬家公司把他屋里的沙发、床、马桶都卸掉了算什么？张扬说他连着一个星期都只能去五百米开外的公厕，没买新家具之前晚上睡觉只能打地铺。

我反驳，一块租的房子买的家具，分手了房子归他家具归我不对吗？全让他一个人留着，我岂不是很亏？就算把马桶砸碎了我也不能让给他的大屁股坐。

那你还给大学的校长信箱写信，举报张扬大学期间考试作弊干什么？张扬差点以为自己要被撤销学位证，你这要是举报成功了不就害惨他了。

诚信考试人人有责，再说校长根本没打开过他那个信箱，后来不也没追究过张扬的事吗？新时代的年轻人，分手不能和旧时代一样逆来顺受一声不吭，要勇于为自己的幸福而奋斗。

现在的关键点在于，张扬这个王八蛋，结婚居然不告诉我一声，虽然我本来也不想去，但事到如今，我还非去不可了！

- 2 -

在灯光昏暗的楼梯拐角，我们完成了初吻的后二分之一。

我跟张扬认识于高二下学期分班后，他以 0.5 分的微弱优势擦边进了实验班。

彼时我还是老师们眼中公认的好学生，被安排和张扬坐同桌。他本来就不爱听讲，整天想着如何翘课打游戏，和我坐一桌后，依旧没有收敛半分。

我秉承着好学生的优良传统，坚决不和张扬多说一句话，结果反倒勾起了他的兴趣，每天在我面前晃来晃去，寻找一切机会和我聊天。

从某种意义上来说我和张扬挺像的，都喜欢顶风作案。

我们学校禁带一切电子产品，我却偏偏喜欢在自习课上听歌，塞上耳机，进入没有张扬的清净世界。

直到某天，我照常一边塞着耳机，一边做题时，旁边的张扬突然使劲把我的 MP3 夺了过去，力气大到连耳机都拽掉了。

我还没来得及抬笔去打他，下一秒，班主任就出现在教室后门处，怒吼道，张扬你成绩不好就算了，还上课听歌，到我办公室去！

张扬从办公室灰溜溜地回来之后，一言不发，低着头收拾书包，我则像老婆婆念经一样在他耳朵边骂道：

我学习好，就算上课听歌也不会被重罚，顶多写写检讨。你倒好，拿了一份停课套餐，你是不是不想上学了？

还没等我唠叨完，张扬就将一张纸拍到我面前，扬长而去。

我低头看到第一句话"我喜欢你……"，连忙回头去找他的身影，可门外已经空无一人。

张扬停课回来后，我将一大摞辅导书扔在他面前。

　　这几天的作业都在你书桌上，笔记复印的我的，随堂测验卷你想做就做，不想做就写我圈出来的那几道，我说。

　　张扬故作大吃一惊道，你就这么感谢我的吗？

　　少废话，做题。

　　在我的威逼利诱下，张扬开启了学习模式。

　　老师还以为是他停课之后发愤图强，在班会大肆表扬张扬同学的悬崖勒马知错就改精神。

　　张扬在课桌下悄悄拉住我的手。

　　我们和所有恋爱中的情侣一样，晚上跑到学校里有名的"情人林"去约会。

　　张扬软磨硬泡，让我完成他口中的"必做事项"。

　　我小鸡啄米般在他脸上迅速地亲了一下。他要赖说不算，他还没准备好。

　　于是，在半打闹半试探下，我们两个人的脸颊离得越来越近，直到闻得到对方校服上的洗衣粉味道。这时不知谁喊了一句"教导主任来了"，小树林中的情侣们纷纷落荒而逃。

　　紧接着就是径直射进树林的手电筒亮光，张扬在光中拉着我的手逃跑，直到跑到无人的楼梯间，确认远离老师的视野后，两个人满头大汗地喘着粗气。

　　在灯光昏暗的楼梯拐角，我和张扬完成了初吻的后二分之一。

- 3 -

时间真的挺恐怖的。

它可以把少女变成老妪，金钱变成茅草，成见变成认同，
相爱变成陌生。

我找豆子要了张扬的婚礼时间和地点，计划搞一出大事。

小果儿，你到底要对张扬做什么啊？豆子一脸担心地看着我。

我还没想好。也许，穿一身婚纱到婚礼上抢新娘的风头？给婚宴
饭菜下泻药？把这些年来存的张扬丑照投影到大屏幕上？

太不现实了。

但我一定得做点什么。

这可不是我没事找事，是张扬亲口要求的。

大二的某个周末，我们手牵着手压马路时，刚好路过正在举行婚
礼的教堂。

喂，你说我们会结婚吗？我问。

为什么不结婚？除非你不想结婚，他说。

如果你结婚的对象不是我怎么办？

不可能，我上哪找一个比你还漂亮的老婆啊，张扬甜言蜜语道。

那如果你结婚的对象不是我，我就去你的婚礼砸场子！我说，我
可是说真的，你要是敢和别人结婚，我一定不会祝福你们。

张扬说着好好好，如果我结婚的对象不是你，你来抢婚好了。说
着，张扬转过身来用他的嘴巴将我的嘴封住。

教堂外升起礼花。

周六当天，我起了个大早，抵达目的地的时候婚礼现场都没布置
好。站在门外，看着即将在这里举行婚礼的酒店，我的心中不由得怅

惘起来。

那个人到底长什么样子呢，温柔懂事还是性格泼辣，你说过再也找不到比我更好看的人做老婆了。

转念间，我又骂道：哼，不跟我结婚，也别想跟别人结。

我承认我想法幼稚极端，但这都是张扬惯出来的。

高三那年，经过我的加强培训后，张扬的成绩突飞猛进，竟然有了和我上一个大学的可能。

我和张扬看好了同一所大学，如果张扬考得低，也可以去隔壁。

结果高考成绩出来后，我的分数竟比张扬低了二十分。

我把自己关在房间里不肯出门，张扬打电话过来问我怎么了，我抽抽泣泣地说，我不能跟你上一个大学了。

张扬说，没事，小果儿，我跟你报一个学校。

因为擅自改高考志愿，"浪费"了二十分，张扬他爸念叨了好几天，最后张扬托盘而出，他是为了谈恋爱才改的志愿，气得他爸当即就给我家打电话。

也不知道那些天是怎么过来的：两个人一块去对付家长，反复承诺彼此是认真的，没有做不该做的事情，不会耽误学习等等。花了将近一个月，双方父母才接受了我们在一起这个事实。

开学那天，我和张扬在火车站汇合。

临走前，他爸郑重地对张扬说，希望你们感情好好的，到了那边好好照顾人家女孩子，必要的时候注意安全措施。

叔叔，我们还没……

还没等我说完，张扬便抢过话去，说：好的，好的，没问题。

时间真的挺恐怖的。

它可以把少女变成老妪，金钱变成茅草，成见变成认同，相爱变成陌生。

它可以，让当初那个为了我能够去对抗全世界的男生，即将迎娶别的女人。而这一切，我都无能为力。

= 4 =

男人都是大猪蹄子，得到了就不想珍惜。

本以为上了同一所大学，已经超过了百分之九十九的高中情侣，应该更甜蜜才对，可对张扬来说，距离近了，新鲜感也少了。

他不会像异地的情侣那样每天在手机上陪我聊天，送礼物搞浪漫。

从前我手凉了一点他都会心疼个不行，后来发烧几天卧床，他也不过是微信提醒我多喝点热水，早点睡觉。

想到这，更加坚定了我要砸张扬婚礼场子的决心。

搞什么破坏好呢?

酒店门口盛放着一盘喜糖，供来宾们自行抓取，里面大多是香精和色素做的廉价糖果，只掺杂着很少的巧克力。

真抠门，结个婚就准备这么点巧克力，哪里够吃?

从高中起，得知我爱吃巧克力，张扬就隔三差五地去服务社给我买来塞到课桌里，各种味道的德芙总是吃不腻。

张扬发现，每次过情人节或纪念日，不知道买什么的时候买巧克力总没错。于是他给我买过各种品牌各种口味的巧克力，足足把我喂胖了五六斤。

哼，我最喜欢的巧克力，没收！

我从盘中把寥寥无几的巧克力拣了出来，塞进口袋里。

大三下学期张扬建议我们住在一起，美其名曰方便考研，等我搬进小屋后才发现，两个人住在一起，根！本！没！有！办！法！学！习！

张扬要么和我一起裹着被子看电影，要么歪歪斜斜地躺在沙发上打游戏，夜深人静或者四下无人的时候，就像两只树袋熊一样滚到床上，过着不是蜜月胜似蜜月的快活日子。

和张扬住在一起后，由于忙着探索新世界大门，我们之间的矛盾有了短暂的改善。可几个月后，新鲜劲过去，张扬也意识到身体要紧，不能太过放纵，和我的互动数直降百分之二百。

男人都是大猪蹄子，得到了就不想珍惜。

我左顾右看，发现做拱门的气球还没准备好，便悄悄地拿了根牙签，给每个气球都戳了一个小洞。

婚礼现场的工作人员卖力地给气球充气，可戳过洞的气球就像打水的竹篮一样，无论怎么努力最后都是一场空。

诶，这气球怎么那么奇怪，总也打不上气？他纳闷地说。

幸灾乐祸的我在一旁掐住自己的胳膊，生怕笑出声来。

虽然经验丰富的婚礼导演马上让人去最近的超市采购了新的气球，还带来了不少鲜花，一并插到拱门上，但新娘一方的家属仍旧数落张扬办事不细心，婚礼当天还出这种差错，以后怎么照顾好新娘。张扬只能好生赔着不是，小心翼翼地退出大厅。

- 5 -

我听说过很多情侣，度过了大风大浪，却过不了婚礼这
关。

看见张扬苦恼又无处发泄的样子，我高兴得不行，叫上豆子到卫
生间里哈哈大笑。

这么多年，你怎么还像个小孩一样？豆子说，扎气球这么幼稚的
事情都做得出来。

对，我就是幼稚，就是无理取闹，谁叫他当初喜欢我又不负责到
底呢。

正说着，隔壁传来张扬和另一个高中男生的声音，我连忙闭上嘴
不出声。

肯定是小果儿来过了对不对？张扬说，我就知道这么幼稚的事只
有她能干得出来。

我以为下一秒张扬要将我骂个狗血淋头，不知为何，他的言语中
竟流露出些许悲伤。

其实我也没想到我们会分手，最后一次吵架，她把我删得一干二
净，怎么也联系不上。我以为她出出气就没事了，结果反倒越走越远。
后来认识了潇潇，从恋爱到结婚都一帆风顺，却总觉得缺了些什么。

兄弟，你这是新婚焦虑症吧，男同学劝道，别想那么多，相信你
的选择。

唉，说真的，结个婚像蜕了一层皮一样，婚礼时间、地点、形式、

彩礼数额、邀请谁不邀请谁，从订婚来我为这些琐事跟潇潇吵了无数回架，直到昨天晚上还在吵。

……

新郎新娘吵架？活该。谁让他在我这里，学会了如何告白、如何制造惊喜，却唯独没有学会如何去挽留呢。

那时我们住在一起，经常吵吵闹闹，也是因为一点小事就吵得不可开交。

我说，我要分手。

张扬说，别开玩笑。

我说，我要分手。

张扬说，我到底哪里不对你能说出来吗？

我说，我要分手。

张扬说，如果你租好房子了的话，收拾好东西就搬走吧。

我说好，随即趁张扬不在家的时候叫人卸了家中的沙发、马桶和床，心中隐隐期待着他怒火朝天地找上门来，顺势把我扑倒在床上。但张扬只是闷不做声地忍受了几天没有家具的生活，然后马上去宜家买了新的。

我借朋友之口告诉张扬，我要举报他考试作弊，让学校撤销他的学位证，以为他会来苦苦哀求，叫我放他一马，没想到张扬除了花更多的时间去投简历和面试之外无动于衷。

我在朋友圈里大骂张扬，把我从认识他到分手发现的所有缺点臭毛病都公之于众，添油加醋地宣扬了好多天，确保我的女生朋友里，没有一个会喜欢上张扬。

可张扬始终没有理过我。

就像使出全力的拳头打到受了潮的棉花上一样，我的猛烈攻势得不到回应，满腔的火气全都反弹给了自己。

我躺在熟悉的双人床上，从不肯承认到逐渐地接受了自己的单身事实。

婚礼开始前两小时，张扬和他的新娘不知为何又有了口角。

新娘坐在大厅陪父母，张扬则一个人走到楼梯间。

我听说过很多情侣，度过了大风大浪，却过不了婚礼这关。

前半生你认识的几乎所有人都会过来，送上或敷衍或违心的祝福。繁琐的形式和礼节不断地挑战着两个人的关系，要送多少彩礼，婚车用什么牌子的，怎么排座位，关系好的人要不要送特殊的伴手礼……最后，在众目睽睽之下，完成你人生中最重要的仪式之一。

悄声领个证就行了，要搞得熟人皆知，难免会出差错。比如，招惹到像我这样不请自来的婚礼煞星。

我猜张扬一定是要去抽烟，这是上学时养成的习惯，爬到楼梯的最顶层，那是老师们监管的法外之地。

我趁人不注意，悄悄地跟了过去，和他总保持着半层楼的距离，刚刚好不被发现。

由于酒店楼层高，大多数人都选择电梯，步行楼梯里连灯都没有开，张扬半路上掏烟盒时，一个小玩意"啪嗒"一声掉到地上。

张扬没有察觉，继续往上走。

我凑近了定睛一看，是一个刻着我和他名字缩写的钥匙扣，飞机形状，机尾处歪歪斜斜地画了一颗爱心。

= 6 =

一支穿云箭，千军万马来相见。

这是什么时候的事情了？

我们第一次去旅游，青岛，在机场送的纪念品。

当时我和张扬还没住到一起，可以说是纯情少男少女，宾馆都开两间房。

白天漫无边际地在海边闲逛，晚上，张扬总会拿出一系列理由敲我的房门。

小果儿，我手机好像放你包里了。

我给你买了包小鱼干要不要吃？

腿好酸啊，你帮我揉揉行不行？

终于，我禁不住他的软磨硬泡，将房门拉开一条缝，张扬像只鱼一样钻进来。

那天我才发现，原来世界上有比躺在床上玩游戏更有意思的事情，那就是两个人一块躺在床上玩游戏。

喊着"过来过来""开大""哎呀你怎么不保护我"，伸腿就能踹他一脚。

张扬不甘示弱地踹回来，我不解气，扭过头去拿胳膊肘戳他。不知不觉间，两个人的肢体离得越来越近。

第二天早上，树影中的阳光一晃一晃地照到我们的被子上。

张扬流露出少有的温柔模样，说，小果儿，我会对你负责的。

临走前，机场在发免费刻字的飞机纪念物，我叫张扬要了一个，刻上我们俩的名字。

我们以后要来青岛度蜜月！我大喊道。

好，张扬晃着钥匙扣说，这就是信物，一支穿云箭，千军万马来相见。

分开之后我找张扬要过这个钥匙扣，他轻描淡写地说"扔掉了"，被我一通臭骂然后拉黑。

没想到这么多年，他还一直留着。

酒店大厅，身穿婚纱的女孩起身走到楼梯口，像是要进来找张扬。

这是我第一次看见张扬女朋友的正脸，不，应该说是妻子。

她化着精致的妆，两只手提着婚纱的裙摆，像一只高贵的白天鹅。都说婚礼是一个女孩最美的时刻，一点也不错。

张扬刚好抽完了烟，准备从楼上走下来。

我的脑中闪现过一个邪恶的念头：结婚当天身上还带着和前女友有关的东西，让新娘发现了肯定得大闹一场。

这真是最好的报复。

我把钥匙扣放回原处，躲到楼梯外，等待着见证奇迹的时刻。

新娘提着婚纱走上台阶，被地上的一个小玩意吸引了目光，捡起来一看，上面赫然刻着张扬和另外一个女生的名字。

与此同时，肇事者张扬正好走到她面前。

她将钥匙扣摔到张扬身上，质问他这是什么。

张扬的脸色瞬间变得复杂起来，新娘气急败坏，捶打着让他说些什么，难道都要结婚了，你心里还想着别的女生吗？

沉默良久后，张扬开口，缓缓说道，对不起，我的心里还有小果
儿……

新娘将头纱一扔，捂着脸跑出了大厅，留下满场的嘉宾不明所以。

- 7 -

横亘在我们之间的那些年突然变得像一粒种子一样渺小，
被风带到遥远的过去。

头脑风暴时间到此为止。

滚吧滚吧，滚去结婚，然后永远也不要让我看见你，我心中骂道。
什么狗血情节，千万不要发生。

我迅速捡起他掉在地上的钥匙扣，揣进口袋里，就像当年他拿走
我 MP3 时一样手疾眼快。

然后，和向下走来的张扬擦肩而过。

分手后我想象过无数次和他相遇的画面，想象中我会抡圆胳膊给
他一个大巴掌，大喊"王八蛋"，或者泪如雨下地诉说起我们分手之
后的点点滴滴，亦或是两个人久久相望无言，就像电影中演的那样，
过去的画面纷纷在天空中浮现。

然而事实是，我从张扬的身边走过时，他的目光始终没有在我身
上多停留半分，就好像路过那些每天都会碰见的陌生人，和他们之间
不会有多余的故事诞生。

横亘在我们之间的那些年突然变得像一粒种子一样渺小，被风带
到遥远的过去。

新娘找了上来，埋怨了他两句，叫他下楼给亲戚们敬酒。

好啦老婆，马上下去。

楼梯间里，张扬和他心爱的女孩拥吻在一起。

我是黑暗走廊中的一颗电灯泡，从楼层高处远远地俯瞰着这一切，曾经幼稚的对话回响在耳边。

喂，你说我们会结婚吗？

为什么不结婚？除非你不想结婚。

如果你结婚的对象不是我怎么办？

不可能，我上哪找一个比你还漂亮的老婆啊。

那如果你结婚的对象不是我，我就去你的婚礼砸场子！我可是说真的，你要是敢和别人结婚，我一定不会祝福你们。

婚礼正式开始。

穿着白色拖地纱裙的新娘满脸幸福地走向张扬。

我躲在角落的饭桌边，将桌上的花生豆一颗一颗地往嘴里塞。

司仪问：张扬先生，你是否愿意这个女子成为你的妻子与她缔结婚约？无论贫穷还是康健，或任何其他理由，都爱她，保护她，尊重她，永远对她忠贞不渝直至生命尽头？

张扬说：我愿意。

同样的话又重复了一遍，白纱下的女孩拿起话筒说"我愿意"。

然后，成千上万的粉红色花瓣从天花板上散落下来，全场响起悠扬的《婚礼进行曲》。我看着我曾经最喜欢的男生，娶了他最喜欢的女生。

也许他只是今天偶然把钥匙扣带在身边，也许新娘早就知道我们的故事，也许被发现这件东西并不算什么，毕竟张扬已经认不出擦肩而过的我，但我还是把它带走了，在千钧一发之际。

我想他在卫生间里发的牢骚不全是出自真心，就像当初我们频繁地吵架然后分手一样，误会和不肯认输让我们渐行渐远，我不希望张扬再错过一个他喜欢也喜欢他的人了。

前任的婚礼，还是不去比较好。

因为你不知道，自己会怒发冲冠掀桌而起，成为同学群里第二天的头条新闻，还是会哭得像条狗一样，躲在角落里吃眼泪味的喜糖。

你不知道，前任的新娘长什么模样。比自己难看，你会大骂前任没有眼光，抛下西瓜捡了芝麻；比自己好看，你又会自惭形秽，恨不得从未出现在现场。

最重要的是，你不知道，身临其境在这些幸福温馨的气氛里，会不会忽然之间，燃起想要恋爱结婚的念头。

对，从张扬的婚礼回来之后，很多天里，我的脑袋里只飘着五个字：好想结婚啊。

再见十年

说来惭愧，我是真的想过和你共度余生。
想和你挎上相机在全国各地留下我们的身影，
在海边捡贝壳，在沙漠看落日，
在一望无垠的草原上拉着手奔跑。
想陪你度过人生中的每个重要时刻，
开心时与你分享，难过时和你分担。
不止依靠你，我还想要被你依靠，让你知道我永远站在你这一旁。
想为你学着做好吃的饭菜，一块去菜场挑新鲜的蔬果，
在厨房里，倾注十分用心和九十分的爱，
食物也在刀下会拥有第二次生命。

⇒ Ⅱ ⇔

"情人最后难免沦为朋友。

上周公司的一个大项目结束，我和同事们一块去唱歌，幽蓝色的灯光下，有人点了一首《十年》。

我本来坐在角落里自顾自地嚼爆米花，听到这首歌时突然泪崩，不顾好友的阻拦给你打电话，在嘈杂的歌声中说我想你了。

你那边一直很安静，我则哭得稀里哗啦，细数和你还在一起时的点点滴滴。

直到我听见电话那头的你对着别人说："没事，我前女友"时，突然就清醒了，连忙将电话挂断。

歌声从身后幽幽传来。

"情人最后难免沦为朋友。"

你是隔壁班的歌神，我在一个下午跑去偷看。为了元旦晚会而练习的你，正好坐在教室中央的桌子上。

阳光撒到你身上，让你像是站在聚光灯下。你拨弄着吉他，唱了一首歌。

优美的旋律下，你的声音低沉而富有磁性，一字一句都环绕在我的身边。

后来我才知道，那首歌的名字叫《十年》。

陈奕迅是你最喜欢的歌手，我将他的歌下满了一个 MP3，在睡觉前戴上耳机，就好像你在我身边轻声哼唱。

元旦晚会当天我拜托你们班的一个同学帮我录下你唱的歌，结果第二天你出现在我的班级门口，手里拿着那个我熟悉的 MP3。

"同学，把 QQ 号给我，我就把它还给你。"

天，原来我早就被你发现。

那年我们十六岁，初恋的幼苗却在最紧张的高中发芽。

你每天放学后来教室找我，我和错题集死磕，你便坐在我前面的位置看起书来。等我拿笔戳三下你的后背，我们便一起去食堂吃饭。

两个人走在一起时，和熟悉的同学目光相撞，最开始总会匆匆忙忙地躲开。到后来，不知不觉地，我们的关系已经成了公开的秘密。我去你的班级找你，还没走到门口，就有好事者起哄推你出来，把门外的空旷一处让给你我聊天。

那是我各项技能的巅峰时期，为了送你礼物但没有钱，学校里也没有能买得到我想象中礼品的地方。于是我便苦学折纸、画画、做书签等技能，给你送这些长得漂亮但并用不到的小玩意。

最难叠的是纸玫瑰花，你生日那天，我叠了十七只给你，用了两个晚自习的时间。每一朵花里面都写了一句我想对你说的话，本以为你会在很久之后突然发现这玄机，没想到我前一个课间送给你，下一个课间就发现你的桌子上全是皱皱巴巴拆开的彩纸。

后来有一次我从同学那里借来一副塔罗牌，缠着你测爱情测运势。抽到好的牌面就欢欣雀跃，抽到不好的牌面则埋怨你刚刚一定没有用心抽，要你再来一遍。

最后的测试结果是：恋爱曲折，婚姻幸福。

我非常开心，靠在你的肩膀上满怀期待地设想着未来。

也许是上天惩罚我抽牌时的小聪明，这场测试的结果，只有一半是准确的。

≈ 2 ≈

如果说恋爱是一场长跑，那在这条路上，我们只想着如何跑到终点，却不知何时弄丢了对方。

三个月前我们分手，我将一箱又一箱的东西从我们的小家搬出来。你替我租好了新住处，离你很远，我很开心。

我执意叫你不要再送，不想新的生活里再有你的任何痕迹，哪怕只是一个脚印、一份气味，都有可能引起我对过往的回忆。

将行李搬至地铁上后，你和我挥手作别。

地铁缓缓地开启，我本来低着头发呆，忽然想到这可能是我们最后一次见面了，连忙凑到玻璃窗前寻找你的身影。

门外空空荡荡。

我像被抽空了力气般靠在墙壁上，仅有的一点期待和怀念都化为虚有。

如果说恋爱是一场长跑，那在这条路上，我们只想着如何跑到终点，却不知何时弄丢了对方。

志愿填报，你和我填了相同的志愿，不过我在城市的这头，你在城市的那头。

从北京西站拉着行李箱走出,感叹着人群的拥挤和空气的浑浊时,我们还不知道,这座城市会承载我们太多的记忆。

没有了老师和家长的阻碍,我们的恋爱似乎进入了自由发展期。

每周可以见一次,吃两顿好吃的,待上七八个小时。

可是快乐的时光总是短暂的。

天色渐暗之时,我的心情也渐渐由愉悦变为低落,你不断安慰我说下周就可以见面了,我则只期待着你今天不要离开。

我们来到地铁站,要往相反的方向乘车,你送我坐上地铁,喊着我的名字和我告别。

我目不转睛地盯着你,好像明天之后就再也见不到你了一样,贪恋着你温柔的身影,直到它愈来愈远,变成小小的一颗然后看不见。

后来我们每次分别,你都会站在原地,看着我走远后才转身离开。每次我恋恋不舍地回头张望,总能看到你留在那里认真的模样。

决定分手之后我一气之下拿起包就要走,到门口时你迅速把我拦住。

那一瞬间我好希望你是来抱抱我,叫我不要分手了,说你还爱我。

可你只是说了一句"等我帮你租到了新的房子再走吧。"

你仍是那样的体贴,全面,仿佛我只是闹了个小脾气,日子还是要照往常过下去。

那几天我要么把自己锁在房间里,要么早出晚归,不想和你再打照面。

你则收拾着家务,自顾自地做饭浇花,只是身旁不再有我。

这样的日子似乎还不错,我隐隐期待着它久一些、再久一些,也许我们就能从这平淡的生活里重新开始。

可你我终究还是像分手后的情侣们一样再无对话，有也只是简单的生活问候。想想看我从来到这座城市起就一直受你照顾，我不认得路，你便做我的人工地图，迷路时只要给你打一个电话就能找到方向。你总是说，像我这样的傻瓜以后怎么一个人生活啊，我说我才不会一个人，我有你呢。

"新的住处找到了，在九号线的尽头。"你说。

我"哦"了一声，仿佛只是接受着你无数个关心中的普通一个。

列车缓缓启动，我和我的七零八碎都离你越来越远。

那天，看着地铁外的你早早消失不见，我才第一次意识到，我们是真的分手了。这段感情，就像落到地上的玻璃杯一样，"咔嚓"一声结束了。你从前不会先走的。

- 3 -

我们一起走过了十年，以前总嫌时间过得慢，转眼间却已物是人非。

我们一起走过了十年，以前总嫌时间过得慢，转眼间却已物是人非。

校园里永远不乏新的情侣，走在我们曾经走过的路上，说着情节大概相似的话。

现在想想，大学里真好。不用担心房租涨价，不用为策划案熬夜，也不用被复杂的人际关系弄得晕头转向，我世界里的全部变化都是因为你。

我们见面，天空便往一处蓝，风也可爱草也可爱，走过的地方都开满了色彩缤纷的花。

我们缠绵，时间便过得缓慢，周围的一切不再重要，知道你在我身边就好。

我们吵架，阳光便失去温暖，雨水敲打回忆，浪漫的音乐停滞不前。

高中时因为你和同班的一个女生走得亲密了些，我便吃醋好几天都不理你，弄得你既着急又摸不着头脑，问你到底哪里惹到了我。

我自然不回答，一面叫你自己去猜，一面生着闷气。也不知道是多久之后你旁敲侧击终于得知了缘由，当即和所有异性朋友拉开了距离。

后来我生气的原因还有很多，你忘记了重要的日子，送了我讨厌的礼物或是仅仅说错一句话都能挑起我的神经。那时我太幼稚也太敏感，习惯于从你的日常行为中寻找安全感，将你做的每件事情反复解读，得出你是否爱我的证据。

最激烈的一次争吵在大一，我们几乎冷战热战了一个月，一说话就是吵架。有时短暂和好，可没过多久就又被你的几句话拉回战斗。

你几乎是使出了浑身解数，最后在电话中疲惫地说："如果你觉得分手更好的话，那就这样吧。"

"好。"我挂掉电话，走在马路上，感觉自己格外潇洒，甚至开始想象着如何跟朋友们庆祝单身。

可没过多久我就后悔了，刚刚的话还回荡在耳边。我想哭但是哭不出来，回到宿舍里倒头就睡。凌晨三点却精神抖擞地醒来，想要删微博删朋友圈，看到那些曾经的回忆却下不去手。

第二天拨通你的电话，你说"傻瓜，就知道你舍不得我"。

我一言未发，不想承认自己对你的依赖。你仿佛看穿了我的心思，说一会就来找我。

所有矛盾在见面那一刻都仿佛变得不足为谈，搂在你的脖子上，我想，如果你永远都这么温柔，该有多好啊。

身边的朋友都知道我和你在一起。

我的空间、朋友圈、微博以及各种社交平台里都有你的记号。

你自然也是一样，纵使半年都不发朋友圈也会在我的生日掐着零点放我的照片。

同学聚会时，人数一年比一年少，总有些人慢慢地就再也没来过。高中在一起的情侣们越来越少，有些仍是朋友而有些则老死不相往来。

最开始大家还会互相询问一下彼此的感情状况，后来干脆变成了翻朋友圈，避免触到雷区，遭遇尴尬。

慢慢地，我们竟成了高中那一级里少有的还在一起的情侣。

同学们打趣说："你们俩要是没在一块，我就不相信爱情了。"

我不好意思地往你身边靠，你一把搂住我，在众人的起哄中喝下满满一杯啤酒。

- 4 -

从前我以为，爱一个人是轰轰烈烈的历险，打怪升级攒经验，两个人走遍天涯海角，书写爱情篇章。

后来才发现，能抵御日复一日相似的生活，其实才是最大的冒险。

大四那年我们在天通苑租了个房间，地方很小，厕所经常堵，每天早晨地铁入口排成长龙。

课程已经不多，我们都没选择考研，忙着实习和工作。你说，要挣好多钱，让我不用挤地铁上班，在家里想写就写想睡就睡。

我学广告，给过不计其数叫不出来名字的公司做策划，北京这个城市就是这样，每天都有无数创业公司如雨后春笋般冒出头来，又每天都有无数公司携资而逃或是宣告破产。

没什么特别的，就和恋爱一样，分别数年的恋人重逢之时，一对相爱十年之久的男女也许正好分手，有人终成眷属踏上婚礼殿堂，也有人诅咒着前任千刀万剐不得好死。

我给我们的小家添置了各种用品，还从宜家搬来一只小沙发，这样它才真真正正成为我们两个人的房间。

热水壶是我们的第一个电器，还没有锅的时候，我们就拿热水热牛奶，用它煮泡面、泡咖啡。元宵节时还买了几只汤圆，将盖子掀开放在里面煮，水蒸气径直往上冒，竟有一丝节日的温馨气氛。

后来买了锅碗瓢盆，认认真真地学起做菜来。虽然大部分时间还是在点外卖，但晚上可以做上一锅小米粥，周末也偶尔会心血来潮捣鼓一些新菜单。

我们有一套白色的餐具，虽然派上用途的时候不多，但怎么说也是一种生活仪式感，两个人在相同的杯子里泡上相同的墨绿色茶叶，倒进热水后看叶片舒展开来，散发出带着清香的氤氲。

躺在沙发上，我和你聊起未来的打算。

这个话题我们聊过很多次，但每次都有新的变化。

打定主意不要当老师的我竟起了去考教师资格证的念头，毕竟假期多又工资稳定。原先一门心思要在北京安家立业的你也说，要不然我们回老家吧，留在这里太难了。

生活琐碎，柴米油盐。

你离那个坐在课桌上弹吉他的少年越来越远。

我讨厌你戴月而归时身上的酒精味道，嘴里说着模糊不清的话语，倒在床上晕沉沉地睡去。我讨厌你凡事不放在心上的样子，无法读懂我表情背后的言语，总是头脑简单地觉得一切都好。

比吵架更可怕的事情是沉默，我们之间的话越来越少，浪漫和惊喜从某天开始消失不见。你也许也苦恼，为何我从善解人意变得事事计较，为了你的沉默和不回消息而大发雷霆。

从前我以为，爱一个人是轰轰烈烈的历险，打怪升级攒经验，两个人走遍天涯海角，书写爱情篇章。

后来才发现，能抵御日复一日相似的生活，其实才是最大的冒险。

我们躲过了大风大浪，却死于平平静静的海港。

陪我长大的人终究没能陪我变老。现在，你要去找一个比我更爱你的人，希望她不会让你苦恼。

- 5 -

说来惭愧，我是真的想过和你共度余生。

说来惭愧，我是真的想过和你共度余生。

想和你拎上相机在全国各地留下我们的身影，在海边捡贝壳，在沙漠看落日，在一望无垠的草原上拉着手奔跑。

想陪你度过人生中的每个重要时刻，开心时与你分享，难过时和你分担。不止依靠你，我还想要被你依靠，让你知道我永远站在你这一旁。

想为你学着做好吃的饭菜，一块去菜场挑新鲜的蔬果，在厨房里，倾注十分用心和九十分的爱，食物也在刀下会拥有第二次生命。

你知道吗，我连我们未来孩子的名字都想好了，现在就好像失去一个一眼万年的人生一样，所有事情都被迫从头开始。

我尝试去爱上新的人。

去各种社交活动，陪朋友吃饭唱歌，然后和看着顺眼的男生互换联系方式。

大部分人没聊两句就没了兴致，除了一个朋友生日会上认识的男生，他的侧脸有点像你，唱歌也很好听。

我们在微信上聊天，他的言谈一直都很得体，不会从早到晚地和我说无聊的废话，也不会早早就说出那句"我爱你，我们交往吧"。

上个月，我和他约在一家中餐厅见面。

他绅士地请我点菜，我将菜单递还给他说"随便点吧"。

饭菜上桌，我夹起一片肉就往嘴里送，却在下一秒被口中奇怪的触感搞得愣在原地。

这是什么蔬菜来着？清脆却辛辣，只咬一口，嘴里便全都填满这种奇怪的味道。

对哦，我自己都忘了，我最讨厌吃洋葱了。

以前和你出来吃饭，你总会细心地嘱咐服务员不要加洋葱，因为我不吃，久而久之我竟忘记了自己的这项忌口，我已经很久没有吃过洋葱了。

我坐在餐厅里，眼泪哗啦哗啦地流。对面的男生连忙往我的手里塞餐巾纸，说："对不起，是不是洋葱太辣了？"

我点点头，又摇摇头，接过纸巾后匆忙逃离了那家餐厅。

后来那个男生一直跟我道歉，说不知道我不喜欢吃洋葱。我说根本不是他的错，是我自己没有告诉他。

可我好像已经没有时间和精力，再去认识一个新的人，了解他的过去，了解他的喜好和厌恶，也让他进入自己的心。

以前我们时间很少，话却很多。

利用课间的三五分钟在走廊聊天，写长长的关于彼此过去的信，晚上躲在被子里偷偷按手机，打字都打累了却不觉得困，还想要和你多说一点，再说一点。

我们搜索对方的资料，去了解对方喜欢吃什么，喜欢做什么。想知道没有我参与的那十六年你都如何度过，是否像遇见我一样也对某个女生动过心。想知道你对未来的打算，我们都会成为怎样的大人。

太多了，多到我都记不得大多数聊天的内容。每次都好像聊不够一样匆匆结尾，然后约定有空了再从头道来。

后来我们有了时间，却没有了话可以说。

我和你待在小小的房间，一个在床上而另一个在书桌前，对着电脑忙各自的事情。

等到忙完了，看累了，熄灭灯，筋疲力尽地钻进被窝，有时连晚安都忘了说。

有些东西就这么悄悄溜走了。

高中物理学的第一个定律叫做惯性定律，是说一切事物总有保持原有运动状态的性质，比如火车刹车后不会马上停下，比如正在泼出的水不会停在空中，比如分开之后我还是会想你。

分手后的一段时间里，你仿佛还在我的生活中。

我会习惯性地喊你的名字，看到"第二份半价"还会毫不犹豫地买下来，逛着淘宝时会不知不觉地被情侣款吸引，就连做饭都不习惯做一人份。

我会在早餐时做你爱吃的鸡蛋三明治，在芒果上划十字再剥开，喝苦味的茶，买白色的餐具，和我们在一起时一样。直到恍然大悟你已经不在。

就像歌词里写的：你留下来的习惯还顽强地活在我身上。

我还是戒不掉对你的依赖，戒不掉这些年来养成的小习惯，戒不掉脑海里你的声音和模样。不过，没能忘记你的人不止我一个。

放假回家时，我妈问我，你怎么没和我一起回来。

我找了个理由搪塞过去，没敢说其实我们已经分手。

你绝对想不到，那个当初对我们百般阻挠的人，现在竟是你的头号支持者。

她每次给我打电话都要问一句你怎么样了，我们之间还好不好。有时我和你吵架，她还会给你说好话，告诉我爱情之中要互相让步。

我妈念叨着让你帮她参谋买基金，家里的电脑也坏了，你一定能修好。

我这才发现，原来你在的时候有这么大的作用。

"你们也是时候谈谈结婚的事了。"她说，"以前我不放心他这个毛头小子，可现在他也长成能独当一面的男人了，又和你处了这么长时间，有些事也该早点商量了。"

"不着急呢。"我说。

"怎么不急呀，车、房、嫁妆，哪一样不得早早准备？"

高中物理学的第一个定律叫做惯性定律，是说一切事物总有保持原有运动状态的性质，比如火车刹车后不会马上停下，比如正在泼出的水不会停在空中，比如分开之后我还是会想你。

有一次加班结束，我一个人走夜路回去，刚刚搬过来，一切还不熟悉，走这样的夜路难免有些恐惧。

路上总觉得阴森森的，道路两旁的路灯没有照常开启，街边除了理发店的红白蓝在不停旋转外，再无其他色彩。

当我拐进小巷时，背后忽然传来阵阵脚步声。

我一边走，一边拿余光瞥向地面的影子，它总和我保持一定的距离，没有离开的迹象。

我的脑海中浮想联翩，想起那些年轻女性深夜里被跟踪绑架的案例，背后不由得生出冷汗来。

于是我掏出手机，假装镇定地拨打着电话，内心里已经慌得要命。

我也不知道为什么，在那一刻，先拨通的还是你的电话。

你淡定地问我"有事吗"，好像只是一个普通朋友。

我说："没事，我快到家了。"

"那你干吗给我打电话？"

"我……"不知说什么好，又担心身后的黑影没有走开，我和你沉默地接听着彼此的电话，就这样一直到了小区。

走进家门的一刻我马上挂掉了电话，后来你也没再打来。

- 7 -

我们曾经以为未来很长，还有很多机会，想做的事都能做到。结果就在这些信心满满、对未来充满憧憬的日子里，未来悄然而逝。

你一向是我的保护伞。

高三，陈奕迅来我们城市开演唱会，你买了两张票，问我要不要一起去看。

我不敢逃课，你说不过是晚自习，请个假就好。

我的心中兴奋与紧张相加，紧紧地跟在你后面。

不过这种忐忑不安进入到体育馆之后就消失了，那是我第一次看演唱会，每个人手里都挥舞着荧光棒，组成流动的蓝色海洋。

曾经只在屏幕上见过的歌手，居然就在离我们不远的地方，耳机里单曲循环过的音乐，现在正在我们四周环绕。

最后的"安可"时间，是全体大合唱的《十年》：

"十年之前，我不认识你，你不属于我……"

也许其他人的眼中，看到的都是在舞台中心散发光芒的 Eason，但我的眼里，全是那个阳光明媚的下午，静静弹琴的你。

本来这会成为我们高中时期紧张又美好的回忆，如果不是回学校时正好碰上开车出门的班主任。

第二天，我们俩低着头站在办公室里，身后是各自的家长。

老师拍着桌子说："都什么时候了，还只想着情情爱爱？我告诉你们，我见过的搞对象的，没一对能最后在一起的！"

于是我们停课，写检讨，在布告栏里被通报批评。

回家之后我妈命令我和你分手，她说高中的恋爱都是玩玩，哪有当真的。

我把自己关在房间里，不吃不喝，悄悄拿手机给你发消息。

你说我们一定会在一起的。

停课还不到三天，老师和家长就因为"高考要紧"破例放我们提前回学校，只是要签一份名为"高考前不再与 XXX 同学有过密交往"的保证书。

老师不让我们见面，你便买了一个本子，托人传给我，里面写了你想对我说的话。

我也接着在那个本子上给你写信，说这一天都发生了什么事情，我又是如何的想念你。

我妈不让我们在一起，你便每次送我到拐角处离开，仿佛秘密接头的特务，执行名为"爱"的特殊任务。

那时我们觉得，只要彼此相爱，就能克服一切困难。你看，连同学都愿意帮着我们在老师面前打掩护。

我们约定去同一所大学，最好还是同一个专业，将不能见面的遗憾统统补上。我还畅想着多年之后和你一同回到母校探望，手牵着手，让不看好我们的老师都大失所望。

后来我们到了北京。

这里色彩斑斓，空气中充满自由的气息，再也没有人可以阻拦我们。

你说要和我去遍陈奕迅在这座城市开的每一场演唱会，将上一次不完美的回忆全都覆盖掉。

结果第一年我们买错了黄牛票，被拦在场外进不去。

第二年第三年，都因为有课或者有人不在北京而没能去成。

后来这件事好像就被我们选择性遗忘掉了，我们忙着实习、写论文，计划着今后的人生和交房租，演唱会这样幼稚浪漫的事再也没人提过。

当我再次想起这件事时，陈奕迅已经两年没有开演唱会了。

我们曾经以为未来很长，还有很多机会，想做的事都能做到。结果就在这些信心满满、对未来充满憧憬的日子里，未来悄然而逝。

- 8 -

我们就这样分开了，以为随时都能回头找到对方，以为未来的路上还会再次相遇，殊不知那一个路口就已经是永别，漫漫人生路上，我再也没见过你。

高一那年，我咬着奶茶的吸管，问你：十年之后，我们会是什么模样？

你说：我们会有一间温暖的小房子，一只小狗，然后我们就结婚。

我说那太简单了，你笑着揉我的头。

当年的你我肯定想不到，我们连北京的一个卫生间也买不起，狗也没有养成。唯一实现的是，我每天都要化上精致的妆走在雾霾里，将那个小小的懦弱的自己藏在心底。

可是这些都没有关系了，没人会责怪热恋中的誓言是否成真。

那时我们说一辈子，并不是代表真正能相爱一生，而是此时此刻，恰好有想要和对方永远在一起的勇气。

那天隔着电话，听你轻描淡写地说出"我前女友"这几个字时，我才真正意识到，我们已经回不去了。

就像是我们一直牵着手走了好长的路，在某个岔路口，你说你想向西而我想向东。于是我们就这样分开了，以为随时都能回头找到对方，以为未来的路上还会再次相遇，殊不知那一个路口就已经是永别，漫漫人生路上，我再也没见过你。

　　两个相爱很久的人，一旦分开，就是真的分开了。不是阴差阳错，而是命中注定。

　　所以再见，曾经最亲爱的你。

　　再见，我生命中的十年。